작가와 함께 대화로 읽는 소설

최인훈

가면고

작가와 함께 대화로 읽는 소설

최인훈 · 가면고
崔仁勳 假面考

대담 · 이태동

지식더미

한국 모더니즘의 고전, 「가면고」의 해법을 찾아서

우리가 어떻게 무희와 춤을 구별 하겠는가. ─ Y.B. 예잇츠슨

  아일랜드 작가 제임스 조이스는 20세기의 최대 걸작 「율리시즈」를 쓰고 난 후, "문학을 연구하는 많은 학자들을 바쁘게 만들 것이다"라고 말했다. 전후 한국 문단에서 가장 지적인 작가로 평가 받는 최인훈이 쓴 「가면고」는 위에서 언급한 방대한 대작(大作)과 비교할 수 없는 중편 소설이지만, 일반 독자들이 접근하기에는 대단히 난해한 작품이다.

  최인훈은 이념간의 갈등과 실향민의 아픔을 그 누구보다 처절하게 체험했었지만, 그것을 자연주의와 리얼리즘과 같은 전통적인 방법으로 형상화하지 않고, 폭 넓은 지식과 탁월한 상상력을 통해 보기 드문 모더니즘 경향의 소설을 썼다.

  왜냐하면 그는 서사(敍事)를 중심으로 한 리얼리즘으로서는 전후(戰後)의 황폐한 상황은 물론, 그 속에서 살아가는 사람들의 내면적인 아픔과 고뇌를 심리적으로 표현할 수 없

다고 생각했었기 때문이다. 그 결과, 「가면고」는 조이스와 울프의 작품들처럼, 사건의 움직임이 '의식의 흐름'을 통해서 지배적으로 나타나고 있기 때문에, 그 소설 미학에 훈련을 받지 못한 독자들은 '미로 속의 길 찾기'처럼 헤매게 되었다.

다시 말해, 도시적인 모더니즘 소설 「가면고」는 자연 현상에 대한 모방 예술보다 인위적인 예술을 강조하고, 지나친 감상적(感傷的) 늪으로부터 구원하기 위해 복잡한 은유와 이미지 등과 같은 지적인 요소를 풍부하게 담고 있기 때문에, 엘리트를 위한 것으로 한정되어 있는 듯한 느낌이 없지 않다. 그러나 포스트모더니즘 시대에도 모더니즘 예술은 문학사 속에서 그것대로의 자리매김을 할 수 있는 가치를 충분히 지니고 있음에 틀림이 없다.

그래서 우리는 영상 문화가 활자 문화를 파괴하는 시대를 살며, 문학이 위기를 맞고 있는 지금, 최인훈의 천재성을 나타내주고 있는 한국 모더니즘 소설의 고전이자 백미(白眉)인 「가면고」를 난해하다는 이유만으로 엘리트 독자들의 전유물로만 한정시킬 수 없다고 판단하고, 최인훈에게 이 작품의 비밀을 풀 수 있는 길을 열어주기를 간청했다.

다행히 작가 최인훈은 연륜이 더 깊게 쌓이기 전에, 그의 고전인 「가면고」에 담겨있는 숨은 소설 미학과 그것이 반영하고 있는 진실의 실체를 전문가들은 물론 독자들을 위해 여기에 대담 형식으로 밝혀주기로 했다.

『화두』 이래 당대의 가장 권위 있는 어느 상(賞)까지도 거절하고 면벽(面壁) 10여 년의 세월을 보내고 있는 그가, 독자들을 「가면고」의 미궁으로부터 구해줌은 물론, 그것의 참뜻을 즐기게끔 만들어 주기로 결심한 것은 여간 고마운 일이 아닐 수 없다.

실제로 「가면고」는 난해하지만 우리들로 하여금 허위적인 가면을 벗게 해서 내면과 외면이 일치되는 참다운 삶을 살게 하는 새로운 패러다임을 제공해 주고 있지 않는가. 이러한 그의 값진 노력은 문학을 아끼고 사랑하는 작가 최인훈의 높은 뜻과 결곡한 그의 품격을 나타내는 일이기 때문에, 보기에 따라 작을 수도 있겠지만 문학사적으로는 매우 큰 의미를 지니고 있다고 말하지 않을 수 없다.

한 권의 책을 세상에 내어 놓는다는 것은 결코 쉬운 일이 아니다. 무더운 여름 동안 땀 흘리며   슬프고 힘겨웠지만 아름다웠던 과거를 되돌아보고 오래된 흑백 사진과 함께 귀한 원고를 준비해 준 최인훈에게 편집자는 물론, 뜻있는 독자들과 더불어 깊은 감사의 마음을 전하고 싶다.

2007년 여름

이태동(문학평론가·서강대 명예교수)

차 례

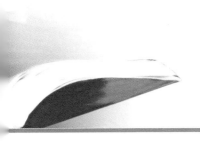

원작 소설

가면고(假面考)

최인훈

1

분명히 처음 보는데 언젠가 한번 본 것만 같은 그런 얼굴이었다.

삶의 언저리에서 가끔 일어나 짜증이 나게 마음을 헝클어 놓기 일쑤인 기억의 환각… 민은 그녀가 두어 정거장 앞에서 오른 때부터 그런 생각에 사로잡혀 있었다. 그는 시계를 들여다보았다. 아마 이 전차가 마지막일 테지. 텅 빈 차 안에는 대여섯 사람이 앉았을 뿐. 그러고 보면 요즈음에 전차를 탄 적이 얼마 없었다. 따져보면 떠나고 닿는 사이가 전차와 버스 사이에 그리 큰 차가 지는 것도 아닐 테지만, 스탠드에서 표를 사는 일이 유니폼을 입은 차장에게 표를 건넨다는 수속이 또는 전차의 보다 큰 부피, 그런 것이 아마 쫓기고 늘 무거운 그의 마음에 짐스러운 탓인지 모른다. 밤늦은 시각에 버스를 타고 가다가 얼핏 엇갈려 가는 전차 속 그 넓은 빈자리에 띄엄띄엄 몇 사람의 고단한 얼굴이 을 롱하게 흩어진 풍경을, 그는 앞뒤가 잘린 토막난 필름을 보 듯 야릇한 느낌으로 바라보곤 했다.

민은 내려뜨렸던 눈길을 들어, 다소곳이 앉은 그녀를 한 번 더 바라보고는 몸을 꼬아 창밖으로 눈길을 옮겼다. 부옇 게 안개 끼듯이 내리는 빗속에, 집들의 창에서 번지는 불빛 으로 레일이 둔하게 빛을 내며 깔려나가고, 이따금 머리 위 에서 전선이 팍, 팍 튀는 소리가 떨어져 온다.

마음의 올은 맹랑한 것이어서, 지금 그는 그녀의 얼굴에 대해 골똘히 마음을 쓰고 있는 것은 아니었다. 한눈에 뜨끔 하니 모질고 강한 인상을 받은 얼굴이었으나, 민은 그 얼굴 을 망막에서 새김질하는 대신에 그 영상 때문에 움푹 패여 진 마음의 어느 구멍에 느리고 짜증스런 손짓으로 자꾸 흙 을 퍼넣고 있었다. 어느 한 모퉁이에 또 빈자리가 늘어가는 것은 두려운 일이 아닌가. 그 빈자리를 메우려고 또한 얼마 나 귀찮은 바람이 스며오는지 모르는 일이다. 달팽이처럼 속으로 속으로 오므라들면서, 자기의 남모르는 일을 끝낼 때까지는 햇바퀴의 아름다움을 보지 않아도 그만이란 속셈에서였겠지만 덜커덩 차가 흔들리는 통에, 여태껏 저편 자리에 앉은 여인의 얼굴을 또 그려오고 있던 것을 깨닫고 민은 속으로 혀를 찼다.

그는 눈을 감았다. 감은 눈 속에서 몇 해 전 그가 군에서 나오고 바로 겪었던 일이, 먼 바닷가 밀물처럼 회상의 언저리를 적셔온다. 그 물결에 거슬러보는 뜻 없는 노력을 버리고 어느덧 발목에서 정강이로 느릿느릿 적셔오는 밀물에 발을 담그고 우두커니 서 있었다….

푸른 다뉴브의 물결이 홀에 넘쳐 흐르고 있었다.

초여름밤의 훈훈한 기운이, 그를 흐뭇한 기쁨 속으로 몰아주는 까닭의 모두는 아니었다. 그는 즐거웠다. 조금도 서두를 까닭이 없었다. 새색시 의롱에서 잠든 저 많은 옷가지들처럼, 이제부터 하나하나 끄집어내서 그의 인생의 보람 있는 장면을 채워줄 티 없는 시간을 넉넉히 가지게 된 그였다. 퇴역. 그는 여자의 손에 약간 힘을 주어봤다. 꼭같은 만큼의 운동이 거기서 되돌아왔다. 눈덩이처럼 흰 이브닝 드레스에 싸인 그녀는 이런 화려한 데서도 십분 눈길을 끌만하였다. 밴드에 맞추어 물결 타듯 가볍게 지나가면서 파트너의 어깨 너머 흘깃 던져오는 사나이들의 눈매가 그것을 다짐하고 있었다.

자리를 바꾸는 참에, 동성이기 때문에 거침없이 쏘아붙이며 대번에 이쪽 값어치를 셈해내는 여자들의 눈이 그것을 말하고도 남는 것이었다. 그런 모든 일이 그를 즐겁게 했다. 그는 자랑스럽기까지 했다. 잡고 있는 여자의 손바닥이 촉촉이 젖어 있었다. 그의 손이 젖어 있는 것인지도 모른다. 그는 여자의 이름을 불러보았다. 그녀는 (…)말없이 올려다본다. 두 개의 구슬속에 차단한 불꽃이 어른거린다. 그 눈이 아름답다고 그는 생각했다.

곡이 끝났다. 그들은 자리로 돌아왔다. 그는 소다수를 시켰다. 그는 여자의 컵에 따라줄 때 잘못하여 가로 흘렸다. 여자는 나무라듯 살며시 흘겨보았다. 흠, 이 아가씨가? 평소에 몸가짐이 점잖은 여자가 지나친 몸짓을 해보이는 것은 사랑한다는 표시다. 당신에게만은 응석을 부리겠어요, 하는 몸짓이 아니고 무언가. 여자의 마음속 가장 깊은 곳에 숨은 가실 줄 모르는 바람은 다시 한 번 그녀들의 황금 시대로 돌아가고 싶다는 것. 아버지라는 시종무관의 무릎에서 세계의 이야기를 듣던, 그 시절로 시간의 바퀴를 되굴려 가보자는 소원이다.

물론 이때 아버지는 멋진 코밑수염을 어느 손가락으로 토닥거려야 하는지를 알 만큼 눈부신 지성의 소유자여야 하며 그러자면 그는 외국 유학을 한 사람이어야 하고, 그의 집안은 부유한 봉건 지주나 날치기 광산쟁이여야 하며, 외국에 가 있는 동안 어느덧 브나로드적 유행성 열병이 깨끗이 가라앉고, 돌아올 땐, 삯바느질한 어머니가 부쳐준 학비로 미술 학교를 다니던 어떤 여류 화가를 달고 와야 하며, 그렇게 살다보니 서로 시들해져서 한국은 나를 알아주지 않는다고 술타령과 기생 오입의 도락삼매가 시작되어야 하며, 이윽고 가산이 바닥나지 않는다는 것은 가을이 와도 나뭇잎은 머무르라 식의 영 말도 아닌 소릴 것이며, 천대와 괄시 속에서도 남자를 사랑하지 않고서는 못 배기는— 저 '노라' 양에게 뺨을 열두 번이나 얻어맞아도 장히 마땅할 그의 아내가, 자기 어머니의 고된 팔자를 이어 그 남편에게 커피 값을 낸다는 대목에 이를 것이며, 드디어 과로와 그보다도 식어버린 남편의 사랑에 상심하여 그녀가 죽은 뒤에야 남편은 지금은 다시 뉘우칠 길도 없는 애인이 남기고 간 유산을 무릎에 앉히고 아버지는 정말은 어머니를 사랑했다는 거짓말을 되풀이 되풀이 이야기 하는 가운데 그녀가 어머니를 대신하여 아버지의 고해성사를 맡아보면서부터 몸에 붙인 고백을 받는 기쁨에까지 거슬러 올라갈 수 있다. 무엇을? 어 무슨 이야기가 이리도 길게 되었던가.

이게 나쁘다. 바로 이게 지옥이다. 군이여. 군은 이 자질구레한 장난, 계집애의 바느질 쌈지 속 같은 바글자글한 마음의 장난을 하는 버릇을 아직도 떼지 못하였는가. 아니다. 너무 그리 까다롭게 따질 건 없잖아. 나는 다만 그 이름은 무어던가, 프랑스의 어떤 위대한 서정 시인의 시 가운데 있는 구절— 한 송이 국화꽃을 피우기 위하여 천둥은 그렇게 울었나보다 하는, 한 가지 일이 있기까지는 숱한 사실의 고리가 뒤에 있다는 메타포를 한국 근대 정신사에다 옮겨본 거지. 내 정신이 아직도 부드러운 상상력을 잃지 않았는가 알아봤을 뿐이야… 아무튼 그는 조금도 악의는 없었다. 다만 흥겨울 뿐이었다.

누군가가 그들의 앞에 머물러 섰다.

그들은 머리를 들어 그 사람을 바라보았다. 훌쭉한 키에, 머리칼을 길게 밀어붙이고 나비넥타이를 매었다. 자식 가만있자, 독일어에 있어서 물주 형용사와 인칭 대명사의 제 이격과의 차이를 말해봐, 아마 모르지? 흥 나는 박격포탄을 우박처럼 맞아도 하나도 잊어버리지 않았어. 전쟁이 개인의 운명을 바꾸었느니, 전쟁이 기성 질서와 생활 감정을 어쨌느니, 전쟁이 무엇을 무엇했느니, 그래 전쟁이 없었다면 네가 운동의 네 번째 법칙을 발견할 것을 못 했던 말인가.

전쟁통에 그만 배울 걸 제대로 배웠겠느니까 머리를 긁
는 친구, 전쟁에 그만 깡그리 가산을 날리고 이러면서 소주
잔을 비우는 빵장수, 전쟁이 저를 이렇게 만들었어요. 당치
도 않은 피해망상을 실습해보는 갈보의 센티멘털리즘, 거
짓의 무리들이여 열세 번이나 지옥으로 가라. 만일 그대들
의 말이 옳다면 나의 옆에 다소곳이 앉은 이 여자의 눈이
보여주는, 저 순결성을 어떻게 풀이할 것인가. 그녀도 분명
전쟁을 나라 안에서 겪은 바에는. 전쟁은 게으른 자와 음탕
한 자들에게만 핑계를 주었다. 그뿐.

나비넥타이는 허리를 굽히며 그녀를 파트너로 소망하는
것이었다.

여자는 가볍게 거절했다. 얼음처럼 쌀쌀해 보였다. 그녀
의 귀고리가 반짝 빛났다. 가볍게 고개를 움직인 거절의 동
작이 그녀의 귀에 달린 금붙이의 빛깔보다 차가웠다. 나비
넥타이는 미안하다는 인사를 남기며 떨어진 곳에 홀로 앉
은 댄서 쪽으로 옮아갔다. 그가 고개를 돌렸을 때, 여자의
장난꾸러기 같은 웃음을 머금은 눈이 그를 맞았다. 방금 보
여준 그 쌀쌀한 얼음은 벌써 *끄트머리*도 없었다. 그는 또
한번 느긋하지 않을 수 없었다. 그는 소다수를 마시는 그녀
의 동그스름한 목이 보여주는 움직임을 보고 있었다. 그 목

은, 희고 탄력 있는 부피가 차분히 오른 썩 잘된 조각 같았
다. 어쩌면 그는 이 목 때문에 그녀에게 끌리기 시작했는지
도 모른다. 그 목 아래, V자로 패인 이브닝 드레스의 가슴
은, 오늘 저녁 처음 보는 부분이었다. 그 목에 의당 어울리
는 좋은 가슴이었다. 그러나 그는 거기를 오래 보지는 않았
다. 겸연쩍었기 때문에. 그는 무슨 말을 해야 하겠다고 생
각했다.

"즐거우십니까?"

"선생님은?"

누가 가르쳐주었기에 이런 묘한 응답의 재주를 부리는
것일까? 그는 생각한다. 사랑? 아마. 사랑은 모든 것을 가
르쳐주는 법이니까.

"이만하면 저도 꽤 용감하지요?"

"왜요?"

"왈츠 한 가지만 갖추고 싸움터에 나섰으니 말입니다."

그녀는 활짝 웃었다. 웃는 모습을 보고 그녀의 순결을 믿
는다. 수줍은 여자일수록 한번 마음을 주면 쉽사리 참마음
을 드러내는 것이라 생각한다. 단단히 오므라든 소라의 몸
처럼, 섣불리 내밀지는 않지만, 깊은 바다풀의 그늘에서는
마음놓고 노는 것이라고. 사랑이란 경계의 해제가 아닐 텐

가. 모든 것이 그녀의 사랑과 순결을 나타내고 있었다. 그는 이 모든 것을 믿으리라 했다. 그는 이전에 얼마나 많은 어리석음을 저질렀던가. 다람쥐 쳇바퀴 타듯, 끝이 날 수도 없고, 끝이 난대야 어떨 것도 없는 망설임의 바퀴를 뱅뱅 돌리며, 세상을 거꾸로 보면서 살았던 그때. 한방에 있는 친구가 댄스를 배우러 나간 사이, 『대영백과사전』을 발바닥에 얹고 거꾸로 서기 연습을 하면서, 친구의 경박성에 항의해보았던 때, 그는 분명히 속이 좁았다.

다른 일은 다 젖혀놓고라도, 사람에 대해서 너무나 몰랐다. 더 테두리를 좁히면, 여자에 대하여 너무도 무지했다. 그는 여자를 깨우치려 들었다. 가르치려고 했다. 따지려 했다. 알아내려 했다. 심지어 존경하려고까지 했다. 사랑해야 하는 줄을 몰랐던 것이다. 사랑합니다, 하는 애인에게 정말? 정말? 얼마나? 어떻게? 왜?를 캐고 또 캐어 끝내 진절머리가 나게 한 끝에, 그 파랑새를 홀랑 잃어버렸거니.

사랑이란 무엇인가를 알기 위하여, 시험관 속에 넣고 쪼개보면서, 어두운 방안에서 허구한 시간을 없애다가, 아무런 마음의 다짐도 없이 그는 전쟁에 나갔었다. 아무렴 지금은 전쟁을 생각하기 위하여 여기 온 것이 아니다. 다시 전쟁이 일어나고, 다시 국가가 나를 부를 때 나는 또 한 번 전쟁에 나갈 게다. 그러나 지금은 아니다. 나는 지금 한 가지밖에 없는 밑천, 왈츠가 울려나오기를 기다리고 앉은 선량한 시민이다.

푸른 다뉴브가 다시금 물결쳐 흐르기 시작했다. 그들은 일어섰다. 마주보고 웃었다. 두 사람만이 아는 웃음이 더욱 그들을 흐뭇하게 했다. 사랑이란, 비밀을 나누어 가졌다는 공범 의식이라 그는 생각해본다. 이번 춤은 아까보다 훨씬 즐거웠다. 그는 소년처럼 가볍게 움직였다. 걸음마다 더 가벼워지는 듯했다. 왈츠만은 자신이 있었다. 한 달 동안 왈츠만 익혔으니까. 그건 이 여자를 사랑한다는 말이 아니고 또 무엇일까. 그렇다. 군에서 사바 세상에 나온 순간에, 내게 다가온 이 아름다운 운명을 소중히 여겨야 한다. 그 누군가가 나에게 보내주는 이 선물에 트집을 잡아서 그를 노엽게 해서는 안 된다.

아 참 왈츠란 좋은 곡. 이놈이 나를 이렇듯 즐겁게 만드는 것이구나. 다뉴브는 흐르고, 그 위에 내 모든 어두운 젊은 날도 실어 보내자. 다뉴브는 독일의 강 이름이 아니라 삶을 너그럽게 찬미하는 모든 사람의 가슴에서 흘러가는 기쁨의 강 이름. 삼박자로 고동치는 젊은 피의 흐르는 소리일 게다. 그는 더욱 즐거워졌다. 여자의 손은 더욱 젖어온다. 여자는 웃고 있었다. 오늘 저녁 그녀를 입맞춰주리라 결심한다. 귀여운 턱. 목. 환한 가슴. 그때 그는 한 가지 발견을 했다. 그 발견은 처음에 노곤한 기쁨을 주었다. 그러자 아주 갑자기, 어떤 오래 잊었던 일이 빠르게 머리를 스치고 지나갔다. 그의 스텝에 헛갈림이 왔다. 여자는 상냥스레 주의를 주는 눈짓을 보낸다. 그래도 효험이 없었다. 어느덧 그녀가 이끌고 있었다. 그는 인형처럼 끌려서 돌았다.

눈보라가 휘몰아치는 산허리를 행군이 지나가고 있다.

밤.

춥다.

왜 이다지도 추운가. 떡떡 이 맞히는 턱을 악문다. 길게 꼬리를 끌며 바람 소리가 멀어졌는가 하면, 금세 싸 하는 울음과 더불어 눈가루가 낯을 때린다. 그럴 때마다 숨이 턱턱 막힌다. 방어선이 뚫린 곳을 버리고 적의 포위를 피하여 산길을 타며 물러나는 부대의 길게 뻗친 대열 속에 그는 있었다. 퍼붓듯 걸차게 내리는 눈을 모진 바람이 가로채서는, 산허리를 안고 돈 좁은 벼랑길을 말없이 지나는 사람들의 낯이며, 어깨며, 발목에다 후려갈기는 것이다. 하얀 바람의 미친 듯한 춤. 춥다. 다 귀찮고 미친 듯 춥다. 그는 옆에 걸어오는 M소위를 옆눈으로 비쳐 보았다. M소위가 번쩍 고개를 돌렸다. 그 얼굴을 보며 (…?)했다.

M은 웃고 있었다. 웃는다? 녀석. 그뿐, 그 웃음의 까닭을 캐기도 귀찮았다. 그는 아까부터 줄곧 생각하는 일이 있었다. 그건 불이었다. 다음 진지에 닿는 대로 장작을 산처럼 쌓아올리고, 휘발유를 끼얹어 시뻘건 불을 질러야지. 아니 빈 농가를 집째 태우는 게 좋지. 얼마나 잘 탈까. 짚을 인 지붕이 공중으로 뿜어져오르겠지. 우지끈 하며 불기둥이 된 서까래가 불티를 날리며 무너져내린다. 야 그 불길이 굉장할 거야. 휘발유를 자꾸 붓는다. 자꾸자꾸. 싸, 바람이 더 한층 거세다. 눈앞이 보얗게 흐려온다. 그는 환상 속의 불길을 부채질하며, 이를 악물고, 현실의 추위를 막아보는 노력을 하면서 걷고 있는 것이었다.

다른 생각을 하면 불이 꺼진다. M이 웃거나 말거나 그런 것에 마음을 둘 겨를이 없다. 불. 불. 그 불 곁에서 죽었으면. 그 뜨거운 불 옆에 조용히 팔다리를 펴고 드러누워 죽어가는 건 얼마나 좋을까. 참 좋을거야. 거기서 죽었으면. 죽음을 장난처럼 희롱하며 불을 쬐는 기쁨과 바꾸어보는 것이다. 그때 M이 소리를 쳐왔다.

"여보게 내가 무슨 생각을 하고 있는지 알겠나?"

"선생님 무슨 생각을 하고 계셔요?"

"아 네 네…"

"이러심 싫어요. 그만두시겠어요."

"아닙니다. 아니예요. 너무 행복해서…"

"어머나…"

그는 얼핏 그녀의 V자형 가슴의 골짜기를 바라보았다. 오 잘못 본 것이 아니었구나. 그렇다면… 그러나 세상에 유독… 다뉴브 강물 위에 눈이 날린다. 자욱한 눈이…

"여보게 내가 지금 무슨 생각을 하고 있는지 알겠나?"

M은 두 번째 소리친다. 내가 알 게 뭐람. 네가 속으로 무슨 생각을 하는지. 아 불이 그만 꺼졌다. 에이 망할 자식. 그는 다시 불을 일으키려고 애쓴다. 이런 때 공상도 마음대로 움직여주지 않는다. 불이 좀체로 살아나지 않는다는 말이다. 일 듯 일 듯하다가도 사르르 꺼지곤 한다. 이런 일도 있을까.

"여보게 나는 지금 내 애인의 가슴을 생각하고 있네. 하얀 가슴이네. 참 얼마나 하얀 가슴이었던지…"

망할 자식. 망할 자식. 네놈 때문에 불이 꺼졌어.

"그 가슴 젖과 젖 사이에 말이야 여보게 까만 기미가 있단 말일세. 팥알만한 새까만 점 말야."

꽁꽁 얼어붙었던 그의 가슴속에, 그 순간 M소위의 연인

가슴에 있다는 그 까만 점이 불씨처럼 뜨겁게 튀어들었다. 그러자 불은 다시 훨훨 타오르기 시작한다. 됐어 됐어. 이젠 들어주지. 오라 네놈도 추위를 막느라고 여자의 가슴을 그려보며 걸어온 것이었구나.

"난 아까부터 줄곧 그 까만 기미를 그리면서 걸어오는 중이야. 이상스러워. 그러면 조금도 춥지 않아. 얼굴이 영 생각나질 않는 거야. 다만 기미만 하얀 바탕에 돋아나보이는 거야."

그래? 애인의 몸의 비밀을 알려주면서까지 추위를 막아보자는 거지. 그 감격으로. 그 폭로의 쾌락으로 응? 좋다. 좋아. 하느님이라도 팔아서 불과 바꾸고 싶은 처지에. 아 추워. 어쩌면 이리도 추울까.

"이제 돌아가면, 나는 그애를 정말 사랑할 수 있을 것 같아. 이렇게 눈 속에 떨면서, 그애 가슴에 있는 까만 점을 머리에 그리며 추위 속을 걷고 있다는 사실이, 내게 권리를 줄 것 같아. 그애를 떳떳이 사랑할 수 있다는 권리를. 눈. 이 하늘의 티끌이 내 가슴에 쌓이는군. 그러면 내 몸 밀도가 자꾸 진해지고… 내 값어치가 자꾸 오른단 말일세. 그애를 결코 남에게 빼앗기지 않을 수 있는 자격이 생기는 것 같아."

M의 이야기를 듣고 있는 그의 가슴은 오히려 점점 차들어온다. 왜 이럴까? 질투. 아니다. 쩨쩨한…

"사랑할 테야. 미치도록 사랑할 테야. 그 가슴은 뜨겁기도 하더니. 여보게 헤시가처럼 매끄럽고 따사했네. 내 발음이 이상하지? 입이 얼어서 발음이 제대로 안 돼. 페치카 페치카, 저 러시아 벽난로 말야."

쏴, 한층 더 모진 바람이 덮쳐든다. M은 움찔하면서 말을 끊었다. 굽이를 돌아간다. 산 꼭대기를 훑어 내려온 바람이 그들의 어깨를 넘어 저 아래 끝이 보이지도 않는 낭떠러지의 바닥을 향하여, 피리 소리마냥 날카로운 소리를 남기고 떨어져간다. 춥다.

"그 가슴의 기미는 내 십자가야. 내 깃발이야. 정말 더운 가슴이었어. 게다가 시인이었어. 펜 네임이 설아라구 눈설자에 아이라는 아자. 자네도 가슴이 더운 여자를 사랑하게. 실례했네. 물론 자네 애인도 가슴이 더울 테지. 그리구 까만 기미도?"

M은 그를 향하여 웃는 듯했다. 그의 가슴속에서 붙던 불이 M의 그 말이 끝나자 탁 꺼졌다. 그렇다. 그 불씨는 M의 것이지 내 해가 아니었구나. M이 가진 그 하얗고 매끄러운 페치카의 불티였구나. 그 페치카는 M의 것이지 내 해가 아

니었구나. 내게는 까만 기미를 가진 더운 가슴이 없지. 그
래서 추웠군. 너는 춥지 않을 만한 까닭이 있다, 암.

바람이 더욱 세차게 불어오자, 둘레는 갑자기 캄캄해졌다.

달이 넘어간 모양이다.

"안 되겠어요. 자리로 돌아가요."

푸른 다뉴브는 여전히 흐르고 있었다. 그는 여자가 이끄
는 대로 자리에 돌아왔다. 이마에 땀이 배고 숨결이 거칠었
다. 여자는 손수건을 내밀었다. 그는 말없이 받아서 이마를
닦았다. 열은 없이 차가웠다. 그는 오싹 몸을 떨었다.

"어디 편찮으신가본데…"

그녀는 손수건을 받으며 수심스런 낯을 지었다. 그는 손
으로 테이블에 놓인 컵을 가리켰다. 그녀가 옮겨주는 컵을
받아 입 언저리로 가져온 채 이윽이 들여다보았다. 컵 속으
로 눈이 떨어져온다. 바람이 분다. 물결이 인다.

…바람이 짐승처럼 짖어댄다. 여전히 어둡다. 발이 미끄
럽다.

그가 벼랑으로 바짝 붙어서며 M을 잡아끌 셈으로 손을
내밀었던 때였다. 어? 하는 낮은 소리와 함께 벼랑 밑으로
휘 떨어져가는 흰 그림자를 보았다. 방금 옆에 있던 M은
간 곳이 없었다. 순간에 일어난 일이었다 그는 엉거주춤 골

짜기를 굽어보았다. 춤추듯 설레는 눈바람이 눈앞을 가릴 뿐 더는 아무것도 보이지 않았다. 뒤에 오던 병사가 그에게 부딪쳤다. 그는 황급히 벼랑 반대편으로 몸을 붙였다…

"돌아가시죠. 공연히 저 때문에…"

그녀의 말은 걱정스러운 듯 다정하면서, 어딘가 서운한 마음을 감추지 못했다. 그는 컵의 물을 단숨에 들이켜고 벌떡 일어서면서 자기 손으로 다시 컵을 채웠다. 일어선 자세에서 그는 다시 한 번 그녀의 가슴을 보았다. V자의 아래쪽 브로치 바로 뒤에 흰 살결 때문에 더욱 뚜렷한 까만 윤나는 기미. 그는 여자의 곁에 앉으며 손을 잡았다. 그녀는 말없이 그를 쳐다보았다. 고백을 기다리는 빛을 거기서 보고 그는 목이 잠긴다. 그러나… 세상에 유독 M의 애인 가슴에만 기미가 있으란 법이… 어쩌면 터무니없는 우연의 일치일 수도 있다. 말이 안 되지. 이쯤까지 마음이 가까워진다는 건 사람이 살아가면서 그리 흔하게 있는 게 아니야. 교양도 있고, 마음도 착한 사람들이 은근히 다가섰다가 너무 하찮은 실수로 엇갈려버린 일이 얼마든지 있었다. 그러나 어떻게 확인하느냐… 옳지 그렇다. 그는 태연해보이게 애쓰면서 입을 열었다.

"혹시 설아(雪兒)란 펜 네임으로…"

"어머나, 그걸 어떻게…"

또다시 푸른 다뉴브가 연주되기 시작했다. 그러나 그들
은 추지 않았다. 그는 여자를 데리고 문 쪽으로 나오고 있
었다. 그는 그녀가 전혀 눈치채지 못하게 여자를 상냥스레
이끌었다. 그는 입을 꽉 다물고 있었다. 그는 바빴다. 그녀
를 얼른 바래다주고 빨리 혼자가 되어야 했다. 혼자서 화를
낼 수 있는 시간을 빨리 가져야 했다. 몇 번이라도 뜨거워
질 수 있다는, 페치카의 참으로 나쁜 생김새를 위하여…

이후 그녀의 소식은 모른다.

그녀의 얼굴이 바로 저편에 앉은 여자의 얼굴과 닮은 데
가 있었다. 그 사건은 무서운 결과를 가져왔다.

전차를 버리고 고궁의 담을 낀 어두운 길을 따라 걸음을
옮기면서 그는 생각한다. 전쟁. 남만큼은 어렵게 몸소 치
른 그 전쟁이 얼마만큼이나 그 자신을 바꾸었을까 하고.
전쟁중 '진짜 그 자신'은 소리없이 숨어 있었다. 환경에 어
울리기 위한 짐승의 슬기였다고 할까. 군이라는 테두리 밖
으로 나오자마자 겪은 그 사건은 까불고 있는 그의 뒤통수
를 쳤다.

군에서 나왔을 때 민은 너그러운 심경을 느끼고 있었다.

경풍에 걸린 젖먹이처럼 잔뜩 뒤로 자빠진 섣부른 '반항' 따위와는 아예 인연이 없는 마음이었다. 그는 오히려 조용히 웃고 싶었다. 빈정대는 웃음이 아니고, 열심히 살아보자는 담담한 생각이었다.

'화약과 사람의 살점이 범벅이 돼서 몸부림치던 저 도살장 속에서 보낸 내 청춘을 헛되게 해서는 안 된다. 그 생활을 내 생애의 공백기간으로 셈할 것이 아니라, 천금을 주고도 사지 못할 비싼 겪음으로 살려야 한다. 아 나는 이 시대에 살 수 있는 세금을 치른 거야. 주둥아리 끝으로 치른 게 아냐. 몸으로, 몸으로 치른 거지. 그뿐이 아니야. 난 값을 치르었습네 하고 체험을 강매하지 않겠다 이런 말씀이거든. 그저 부듯해진 내 몸의 밀도만으로 족해. 이 수확만으로 세상을 사랑하면서 살 테야.'

그의 결심은 이러했다. 백과사전을 발바닥에 얹어야만 했던, 고슴도치마냥 가시 돋친 가죽이 전쟁이란 호된 병을 겪고 순한 바탕으로 뱀처럼 허물을 벗었다고 믿었다.

'기미 있는 여자'의 사건이 일어난 것은 바로 이런 때였다.

그 사건은 어지간히 상징적인 공포를 그에게 안겨주었다. 어떤 일이 술술 풀려나갈 것처럼 보이다가도 중요한 매듭에 와서는 틀림없이 파장이 되고 만다는, 그런 악의에 찬

선고를 거기서 읽었었다.

다람쥐 쳇바퀴 타듯 한정없이 도는 의식의 바퀴를 타고 멀미가 나게 허덕이던 옛 '백과사전 시대'가 또다시 눈부신 망설임과 분열의 무지개에 싸여 그의 앞에 되살아오는 것을 보아야 했다.

아무것도 달라지지 않았던 것이다.

전쟁은 그에게 보태지도 빼지도 않았다는 증거가 거기 있었다.

왜?

그는 겉보기에 속았던 것이다.

숱하게 터져나가던 포탄들의 숫자를 그 자신의 인간 수업의 수입란에다 염치 없이 적어넣었었다. 숯덩이처럼 나 동그라져 구르던 주검이며, 동강난 팔이며 다리들을 그 자신의 수난으로 셈한 데 잘못이 있었다. 피를 부르며 부서지던 그 포탄들은 장군의 전황 지도에 필경 가장 관계 깊은 사실이었고, 동강난 팔과 다리는 '남'의 팔 '남'의 다리였지, '그'의 팔 '그'의 다리가 아니었다는 지극히 당연한 진실을 느지막이나마 깨닫고야 말았다. 그의 팔다리는 여전히 붙은 자리에 붙은 채 전쟁을 끝났던 게 아닌가. 그는 아무것도 잃지 않은 채 전쟁을 치른 것이다.

이 시대에 살 수 있는 세금을 치르지 못했을 뿐더러, 부듯해졌다고 생각했던 몸의 밀도는 바늘 끝으로 살짝 건드리면 소리만 요란스럽게 터지고 말 저 풍선의 밀도마냥 얄팍한 거짓이었다. 퇴역 후 의젓한 긍정의 기분에 싸일 수 있었다는 것도, 남들은 눈알을 뽑히고 다리를 날려보낸 그 끔찍한 도살장에서, 말끔한 몸으로 살아났다는 사실에서만 가능한 일이 아니었던가. 긍정(肯定)이라느니 차라리 까불싸한 맛조차 있었던 퇴역 직후의 그의 마음. 계집애들 분홍 손수건마냥 반지레하던 그 느긋함 속에는, 남의 주검을 발돋움삼아서 죽음의 골짜기를 빠져나온 자기 겸연쩍음을 얼버무리려고 자기를 속이는 빛은 없었던가.

따뜻한 페치카가 풍기는 따사로움을 솔직히 받아들일 수 있는 기회는, 그처럼, 상징적인 악의에 찬 우연의 장난 때문에 헛되이 지나가버렸다.

어떤 여자의 과거를 찬찬히 캐어본다는 일도 없이, 미인도 아닌 얼굴의 어떤 윤곽이 마음에 든다는 이유 하나로 그녀가 순결하리라고 믿었다는 건, 암만해도 이 세상에는 죽을 고비를 열 번 넘어도 제 버릇 개 못 주는 족속이 있다는 증거인지도 몰랐다. 전쟁 같은 외적인 조건은 '사람'을 바꾸지 않는 성싶었다. 아무리 방대하더라도 그 방대한 겉보기에 속아서 계산을 발라맞춘다면, 그는 반드시 그 빼먹은 몫을 언젠가는 치러어야 한다. 비록 처마 끝에서 떨어지는 물방울 하나라도, 어떤 사람의 마음이 그때 그 일을 맞이할 준비만 돼 있다면 잴 수 없이 깊은 인상을 줄 수도 있는 것이다. 그렇게 생각하는 것이 옳을 성싶었다.

'얼굴'에 대한 그의 미신은 뿌리가 있었다. 어떤 얼굴이냐고 묻는다면 정작 망설일 것이다. 둥글다든지, 갸름하다든지, 하는 그런 형태적 기호를 말하는 것이 아니고, 얼굴이 통째로 풍기는 느낌이랄까. 민의 옛 '백과사전 시대'나 지금 겪고 있는 정신의 상태에서 바라볼 때, 체면 없이 매달려보고 싶어지는 얼굴의 본을 그는 가지고 있었다. 기미의 여자나 종전차의 여자는 그런 본에 가까운 얼굴이었다. 민에게 그때나 지금이나 가장 뜻있기는 사람뿐이었다.

학교 시절에 아마추어 천문가라 불리게 천문에 열중한 적이 있었다. 천문학의 입문서란 입문서는 모조리 사들이고, 구하기 힘든 망원경에까지 돈을 들인 정도였으나, 시들해진 지 벌써 오래다. 만일 화가가 된다면 풍경화가가 아니고 인물화가가 되려니 생각한다. 밖으로 쏠렸던 모든 관심이 안으로 초점을 옮겨 자기 자신의 완벽한 초상화를 갖고 싶다는 생각이었다. 자기를 보고 싶다는 욕망과는 거꾸로,

'자기'는 자꾸 뒤로 물러가버렸다. 자기의 얼굴을 다스리지 못하는 것은 마음이 덜됨을 말하는 것이 아닌가. 어떤 미소를 짓고 난 후 다음 순간 그 부자연함과 섣부른 배우 같은 생경함에 얼굴을 붉히곤 한다. 가장 엄숙한 낯빛의 바로 등뒤에서 혀를 날름하며 비웃는 '불성실한 방관자'를 붙잡아 목을 조르려는 애씀은, 더해지는 고달픔과 울화를 만들어낼 뿐, 얻음이 없었다. 표정과 감정 사이에 한 치의 겉돎도 없는 그런 비치는 얼굴의 소유자였으면 하는 욕망은, 자아 완성이라는 르네상스적 '개념'이 빈말이 아니라 어떤 시대 사람들의 '감각'이었다는 것을 알게 해줬다.

민은 걸음을 멈추고 앞뒤를 둘러보았다. 희부연 비안개가 온몸의 털구멍을 타고 흘러 들어오는 듯한 막막한 환상에 사로잡힌다.

'왜 이런 처참한 기분을 치러야 하나. 아무렇지도 않아, 나는 아무 일도 없어…'

호주머니에 손을 지르고 머리를 흔들며, 같은 말을 몇 번이나 거듭 중얼거렸다.

자리에 들어서도 부스럭거리다가 종내 잠드는 것을 단념하고 일어나 앉은 그는, 윗목에 걸린 경대 앞에 다가섰다. 거울 속에는 쫓기는 사람의 초조함을 숨기느라고 짐짓 평

정을 꾸민 가짜 성자의 탈이 있었다. 신의 창조에 들러리
선 사람만이 가질 만한 자신을 꾸민 눈. 바로 그것을 어기
고 있는 입의 선. 탈의 데생은 위태로워 어느 선 하나 차분
함이 없다. 양식의 모방에 과장된 필체로 그려진 서투른 초
상화였다. 저 탈을 피가 흐르도록 잡아 벗겼으면. 그 뒤에
는 깨끗하고 탄력 있는 살갗으로 싸인 얼굴이 분명 감춰진
것을 알고 있다. 그 탈을 떼내는 일에서 어딘가 민은 미지
근하게 해왔음이 사실이었다. 용서 사정 없이 그 거짓의 얼
굴 가죽을 벗겨내는 작업에 정실이 섞였다면 그것은 또 어
찌 생각하면 그 탈이 벗겨진 다음의 맨얼굴을 은근히 두려
위한 까닭이 아니었을까?

　바싹 얼굴을 거울에 갖다대었다. 살눈썹이 날카로운 풀
잎처럼 뻗어 보인다. 콧날이 육중히 돋아선 황소의 등뼈 언
저리마냥 무딘 피부로 다가온다. 바른 각도로 들여다보아
선 시선이 상쇄해서 저편 동공의 표정을 알 수 없다. 비스
듬히 저편을 엿본다. 자연 저쪽의 동공도 움직인다.

　'녀석 딴전을 부리누나.'

　탈은 눈맞추기를 두려워한다. 그것이 바로 그가 좋지 못
한 일을 하고 있는 뚜렷한 증거다.

　끝내 탈은 시선을 마주치기를 거부한다. 약간 사이를 두

면 초점을 맞출 수 있으나, 그땐 탈은 이미 새침한 표정을 되찾고 있다. 저쪽을 모욕하기 위하여 일부러 눈을 찡그리고 입을 헤벌리며 머리를 갸우뚱하며, 만화를 만들어본다.

'보아라, 이놈…'

민은 흠칫 놀라며 움직임을 멈추었다. 입을 쩍 벌리며 그를 비웃고 서 있는 한 사람의 얼굴을 거울 속에 본 것이다. 그는 휙 뒤를 돌아다보았다. 아무도 없다. 다시 거울을 들여다보았다. 선반 위에 진열된 수많은 인형 속에서 피에로가 그를 보고 웃고 있었다.

그는 쓴 침을 삼키며 자리로 돌아와서, 이불을 푹 뒤집어 썼다.

민이 재작년 가을 '현대 발레단'으로부터 입단 교섭을 받은 것은, 그 사건이 있은 다음이었다. 어느 문예 잡지에 실은 '무용론'이라는 글이 발레단 연출자의 눈에 띄었던 것이다. 평소에 무용이라는 예술이, 사람의 몸이라는 원시의 수단을 가지고, 공간의 조형에다 시간까지를 포함시킨 점에 예술 활동의 이상을 느껴오던 중, 그러한 무용의 상징성을 본으로 삼아 예술론을 펴보았다. 처음 입단 교섭이 있었을 때 그는 망설였다. 무용 이론을 해볼 생각은 있었으나, 안무가가 될 생각은 없었다. 결국 언제든지 자유 행동을 해도 좋다는 조건은 붙였을망정 들어오고 만 것은, 참전용사의 훈장을 버리고 또다시 '발바닥에 얹은 백과사전'의 시대로 되돌아간 것을 뜻했다.

오늘 저녁, 연출자이며 주역 무용수인 강선생이 연습을 끝내고 그를 불러서 이런 말을 했다.

"자네가 가져온 각본 말일세. 아이디어는 좋은데 이번 공연에는 안 되겠어."

민은 전번에 그다지 신통치 않은 표정으로 돌려주면서 나중에 얘기하겠다던 일을 생각했다. 그래서 아무 말도 없이 잠자코 있으려니까, 이렇게 덧붙였다.

"정임이가 유월 말쯤에는 돌아올 거야."

그는 강선생의 누이동생인 발레리나가 일본 어느 발레단을 그만두고 귀국한다는 이야기는 단원들에게 들은 적이 있었으나, 지금 그들의 화제와의 연락을 얼핏 이을 수 없어서 어리둥절했다. 강선생은 껄껄 웃으며 그의 팔을 잡아끌어서 자기와 나란히 앉히고 담배를 권했다.

"설명이 필요하군. 아까도 말했지만 그 각본의 아이디어는 찬성이란 말일세. 헌데 프리마 발레리나를 누구를 시키느냐 말이야. 이건 작가인 자네 자신이 사실은 더 잘 알는

지도 몰라. 명앤 합당찮아. 헌데 작품의 이미지와 꼭 맞는 여자가 한 사람 있어. 그게 정임이란 말이야. 알겠어?"

"글쎄요…"

"글쎄요가 아니라, 하긴 정임일 아직 보지 못했으니까… 그럼 명앤 자네 이미지와 맞아드나?"

민은 담배 연기를 후 뿜으며 고개를 흔들었다.

"그것 봐. 그러니까 지금 당장은 실현 불가능이란 말이거든. 오히려 잘된 일인지 몰라. 막상 이제 레퍼토리로 채택한다손 치더라도, 각본 하나가 있을 뿐이지 그 밖의 것이야 무어 하나 의논이 된 게 있어야지. 미술 관계만 해도 그렇지 않아?

미술 관계란 말에 순간 미라를 생각했다. 아침의 장면을 생각하고 갑자기 기운이 엉망이 되어오는 것을 느꼈으나, 그런 빛을 강선생이 잘못 볼까 싶어서 얼른 입을 열었다.

"그래요. 그런대로 한다면, 지금 있는 사람들 중에 한 사람쯤 고를 수 없는 것은 아니지만, 그렇다고 꼭 이 사람이면 하는 것도 물론 아니고… 또 제 각본인데 저 자신으로서도 반드시 만족할 만한 것은 아닙니다. 시간이 허락된다면 좀더 손을 대든지, 아주 고칠 생각입니다. 그런 뜻에서도 오히려 다행한 일인지도 모르지요."

그 말에 강선생이 인사로나마 부정하는 이야기를 하지 않는 것은, 처음부터 각본 자체에 그대로 찬성하지는 않은 증거라고 볼 수 있었다. 강선생이 나가버린 후, 그는 서너 사람이 난로를 둘러싸고 모여 앉은 자리로 와 앉았다. 민의 각본이란, 그가 재학 시절에 쓴 벌써 오랜 것이었다. 소박한 성격이 현실에 부딪쳐 뚫고 나가려 하지만 결국 난파한다는 아이디어를 옛날 얘기에 담은 것으로, 단순한 순박성은 구원이 못 된다는 데 강조가 놓여 있었다.

지금의 그로선 오히려 반대의 심경에 이르고 있었기 때문에, 강선생에게 한 말은 퉁명스런 심술만은 아니었다. (단순…) 또다시 오늘 새벽의 일이 떠오르며, 뒷머리가 후비듯 저려왔다. 그는 그 사건과 두개골의 동통을 한꺼번에 털어버리기나 할 것처럼 머리를 조용히 흔들었다. 그래도 아픔은 여전하였다. 안간힘해도 끈질기게 붙어오는 생각을 애써 털어버리려는 헛수고를 그만두고, 마음대로 머릿속에서 지근지근하게 버려둔 채 좌중의 이야기에 끼여들었다. 젊은 단원이 모이면 흔히 그렇듯이 무슨 논자 붙은 이야기인 모양이었다.

"뭐야 인생론인가?"

민은 일부러 들뜬 목소리였다.

그렇게라도 하지 않고선 배기지 못하게 울적하다.

"어, 인생론이란 것보다도… 그렇군, 그렇게도 말할 수 있겠지만, 더 감각적인 이야기다."

그는 말을 끊고 민을 향하여 입맛을 다셨다.

"이렇게 도중에 뛰어들면 성가시단 말야. 갈피를 모르니까, 문제가 어려울수록 빨리 알릴 수 없단 말일세. 자네 설명하게."

지명받은 미술반원은, 텁수룩한 턱밑 수염을 쓱 문지르며 한참 꾸물거린 끝에, 입을 열었다.

"무어 간단한 이야기야. 이렇네. 열중하면서 사는 것은 어떡하면 가능한가?"

민은 엄지손가락을 세워 앞으로 쑥 밀어보였다.

"바로 그거야. 그것이 문제야. 내가 가르쳐준 기억은 분명히 없는데 누군가, 제안한 사람이?"

웃음이 일어났다.

"제길 의사 방핼 하지 말아요."

"만담이 아닙니다."

"이야기가 자연히 흘러서 그렇게 된 거지 제의는 무슨 제웁니까. 자, 조용히 조용히. 그러면 신참자도 논지를 이해했으니까 이야기를 계속해."

곧 말을 하는 사람은 아무도 없다.

"하던 무엇도 멍석을 깔면 안 한다더니, 왜 갑자기 벙어리가 됐나?"

민은 사실 미안해서였다. 텁석부리는 민을 째려보면서 자리에서 일어났다.

"자네 탓이야."

민은 정말 미안한 생각이 들었다.

"안 되겠는걸. 자 그럼 우리 그 얘긴 다음에 하기로 하고 내가 오늘 한잔 내겠어, 어때?"

딴말이 있을 리 없어서, 한데 몰려서 시내로 나왔다. 그들의 연구소는 M동 산 밑에 있는, 이전에 일본 절이던 자리를 개조한 곳이어서, 시내까지는 운행 코스의 관계로 그렇지만 여하튼 버스를 두 번 갈아타야 할 거리였다. 몇 군데 술집을 돌아가다가 어느 좁은 골목에 들어섰을 때다. 거기는 골목이라기보다 빌딩 사이에 약간 사이를 띄어놓은 공간이었다. 뒷골목을 빠지다보니 어떻게 그런 곳으로 접어들었던 것이다. 고개를 젖히면 하늘이 한 줄기 강물처럼 길게 흘렀다. 뒤에 떨어져서 걸어가던 민은 문득 발을 멈추었다. 보통 이런 틈바구니 양편은 시멘트를 입히지 않은 벽돌이 그대로 드러난, 밋밋한 절벽으로 되어 있는 법인데,

그런 절벽에 문이 하나 있고, 희미한 문등이 달려 있었다. 거기까지는 좋으나 민이 발을 멈춘 것은 그 때문이 아니었다. 문등 아래 가로 걸린 글씨에 취중에도 적이 흥미가 당겼다.

'The Psychic Society'

심령학회? 이런 단체도 있었던가?

그가 어렴풋한 불빛으로 문 안을 들여다보려고 할 때, 앞에 가던 친구들이 찾는 소리가 들려왔다. 민은 한번 더 미련쩍은 눈길을 뒤로 남기며, 소리나는 쪽으로 달려갔다. 돌아올 땐, 영락없이 막 받아 마셨던 탓으로 흠뻑 취했었다. 그들과 갈라지고, 민은 잠깐 망설였다.

미라한테로 간다?

전차 정류장에서 망설이면서 깊은 밤 여자의 몸을 생각하는 것은 무언가 참담한 심정이었다. 쌍두의 뱀처럼 상대방을 물어뜯으면서 자기 몸에 닥치는 자릿한 마조히즘을 즐기는, 저 밤의 일을 위하여. 인간이 한몸이 된다는 것은 얼마나 괴로운 짐인가.

민은 발끝을 내려다보았다. 미라의 얼굴이 보도 위로 그 차단한 웃음을 머금은 채 피어오른다. 그녀는 무엇이 불만일까. 한 사람에게서만으로 사랑을 채우지 못하는 그런 여자는 아니다. 미라도 역시, 그녀 자신의 '자기'를 버리지 못하는, 강한 것 같지만 제일 약한 여자들의 한 사람일까.

어젯밤 늦게 찾아간 민을 그녀는 아틀리에를 겸한 침실에서, 등을 돌린 채 테이블 위에 얹은 토르소를 그리면서, 말없이 맞이하였다. 두툼한 털실 스웨터를 걸쳤어도 그녀의 어깨는 까칠하게 모가 졌고, 아무렇게나 묶어서 내려뜨린 머리가 애처로워 보였다. 민은 그런 뒷모습이 그대로 그녀의 모두였으면 그들 사이는 잘 돼갈 것이라 생각했다.

올해 국전에는 꼭 입선하고 말겠다는 그녀의 핏발 선 눈을 떠올리고 그는 또다시 씁쓸해하면서 눈을 감았다. 자기 예술의 눈에 보이는 성과를 향하여 허덕이는 그녀의 모습은, 민 자신의 일을 늘 돌이켜보게 하는 두려운 거울이었다. 두 사람의 예술가가 한지붕 밑에 사는 것은 얼마나 꿈같은 삶일까 싶었던 생각은, 그녀와의 서너달 동안의 생활에서 산산이 부서지고 말았다. 의논 끝에 갈라진 후에도 가끔 민이 이렇게 찾아올 뿐, 그녀가 제 쪽에서 만날 기연을 만드는 기맥은 보이지 않았다. 처음에는 섣부른 자존심에서, 민은 그녀가 먼저 찾아오기를 버티었지만 마침내 지고 말았다. 그 졌다는 일이 사랑에 진 것인지, 몸의 외로움에 진 것인지 그 자신 가늠할 수 없었다. 사랑이 따로 있고 몸이 따로 있다는 말은 어디까지가 정말인가. 그녀와의 일에서 민은 온몸의 맥이 스르르 풀리는 그런 낯빛을 보곤 했다. 아무 염치도 없이 숨을 몰아쉬는 그런 때, 그녀는 오히려 먼 곳을 보는 눈치로 골똘히 생각에 잠긴 것을 문득 보는 때가 많았던 것이다.

"미라, 싫어?"

"아니예요."

"그럼 뭐야?"

"아무것도 아니예요…"

민은 그런 때 그녀가 미웠다. 강제가 아닌 바에야 몸을 섞는 어느 한편이 다른 한쪽을 어색하게 해서는 안 된다. 한 움큼 모래를 씹는 텁텁한 노여움은 그를 몰아 거칠게 만들었다. 그녀가 차가우면 차가운 만큼 민은 설쳤다. 자기의 불로 저쪽의 불길을 불러일으키려는 것이겠지만 그 효험은 미상불 의심스러운 것이었다. 세상 남녀들이 모두 이쯤한 데서 얼버무리고 있는 것일까. 차분히 가라앉은 중년의 사랑이니 하는 것도, 알고 보면, 감정의 불이 꺼져버린 사랑의 껍데기를, 버릇이라는 페인트로 칠한 거짓인가. 그렇건 안 그렇건 지금 이 나이에야 그것은 안 될 일이다. 얼버무린다는 건 악덕이었다. 모든 타락의 어머니다. 다른 젊은 연인들의 애욕의 생리가 어떤 것인지 그런 가장 숨은 인간의 행위란 알 수도 없는 것이었고, 그런 이야기가 날 때마다 귀를 기울이는, 그 방면의 통이라는 선배들의 이야기는, 속담처럼 진리이기도 하고 진리 아니기도 한 일반론이었다. 그는 자기 자신이 남달리 강한 욕망을 가진 것인가도 생각해 보았다. 강하다는 것이 부끄러워야 한다는 느낌 속에, 그는 자기 속에 깊이 스민 거짓을 보았다.

"미라는 나 혼자만을 짐승을 만들어주려구 이 일을 하나?"

"왜 그런."

그녀는 벌떡 몸을 일으켜, 민의 가슴에 기대면서 오래 그의 입술을 빨았다. 침대 스프링이 가라앉았다가 되살아오는 것을 알린다. 그녀의 눈 속에는 헝클어진 빛이 있었다.

"제가 그렇게 못난 여자라면, 우선 제가 저 자신을 용서치 않을 거예요."

"교양이 있으면서도 꼬치꼬치 캐지 않는 순수한 여자가 있다면…"

"교양이 있으면서도 무사처럼 굵직한 선을 가진 남자가 있다면… 하면 노여우실까?"

그녀의 말은 아마 정말이었다. 평소에 괴로워하던 일을 분명히 여자의 입에서 들을 때, 마음은 즐거울 수 없었다.

오늘 새벽까지의 지나간 일을 돌이켜보다가, 그의 작품에 까지 생각이 미쳤을 때, 민은 뒤집어썼던 이불을 젖히고 일 어나서, 테이블 서랍에서 한 뭉치의 원고를 끄집어내었다.

그는 황황 소리를 내면서 벌겋게 타는 난로 앞에, 두 손 에 그 원고 뭉치를 들고 우두커니 서 있었다. 마치 그 원고 의 값을 선 자리에서 정해버리려는 듯이. 한참 후에 그는 쇠꼬챙이로 난로 뚜껑을 열었다. 방안이 환해지면서 후끈 한 열기가 위로 뻗쳤다. 그는 하잘것없는 쓰레기를 버리듯, 몹시 게으른 손으로 그 뭉치를 불 속에 툭 집어넣고 뚜껑을 닫았다. 그런 후에 열렸던 난로 밑을 막고 자리에 돌아왔 다. 그는 천장을 쳐다본 채 한참 누웠다가, 모로 돌아누우 면서 다시 이불을 폭 뒤집어썼다.

이튿날 민은 일찌감치 연구소를 나와 시내 찻집에서 친 구를 만났다. 친구라고는 하나 십 년 가까운 손위로, 어느 여학교에서 음악을 가르치는 여선생이었다. 그는 옛날부터 손위 친구들이 많았다. 그들과 같이 있으면 마음이 놓이고 그 자신도 적이 원만한 사교가가 되는 것을 느끼기 때문에 없지 못할 사귐이다. H선생도 그런 사람들 가운데 한 사람 이다. 짙은 청흑색 투피스에, 엷은 하늘빛 스웨터를 걸친

차림은 썩 어울려 보였다. 민은 호들갑스럽게 팔을 벌리며 놀라는 시늉을 했다.

"기맥힙니다. 솜털이 보송보송한 병아리들 댈 것이 못 되는군요."

그러나 H선생은 꿈쩍 않는다.

"실례지만 댁의 날갯죽지는 아직 마르지도 않은 것 같은데요?"

"네? 이건 너무하십니다…"

민은 큰 소리로 웃다가 H선생이 옆자리를 보면서 눈치를 보내는 바람에 간신히 웃음을 거뒀다. 젊은 여자랄 것도 없이, 미라에게만 하더라도, 이렇게 지분지분하고 소탈하게 굴 수만 있더라도 일은 훨씬 쉬울 것이 아닌가. 그러나 이런 소탈함은 몸에 힘주지 않아도 될 사이이기 때문에 되는 것이 아닌가. 이참에도 민은 그런 생각을 하고 있었다.

그녀와 갈라져서 전차길로 나오다가 지금 걷고 있는 데가 어제 저녁 술 마신 언저리인 것을 깨닫고 얼핏 The Psychic Society가 머리에 떠올랐다. 그러자 대뜸 거기를 찾아보기로 작정해버리고 있었다. 술 취했을 때 일이라, 별로 넓지도 않은 일대에서 그 골목을 찾아내기까지 좀 시간이 걸렸지만, 마침내 틀림없는 The Psychic Society의 문

을 열고 들어섰다. 들어선 바로 거기는, 약 2미터 평방가량
되는 칸이고, 바로 눈앞에 또 하나 문이 있고, 그 위에 역시
The Psychic Society란 패가 붙었다.

문을 두드리니, 들어오시오 하는 낮은 응답이 있었다. 민
은 어떤 신비한 실내 분위기를 은근히 그렸으나, 그 방은
형광등 조명이 조금 어두웠다는 것뿐 이상스런 티를 자아
낼 만한 것은 아무것도 없는, 보통 응접실이었다. 안경을
쓰고 코밑수염을 기른 사나이가, 일어서지도 않은 채 손으
로 의자를 권하였다. 막상 들어와놓고 보니 말을 끄집어낼
아무 마련도 없었다.

"어떻게 오셨습니까?"

"네 우연히 지나치다가…"

코밑수염은 안경을 한번 만지작거렸다.

"사실은 전연 우연히는 아닙니다만…"

"무슨 소개라도…?"

"아닙니다. 그런 것이 필요한가요?"

코밑수염은 머리를 저으며,

"혹시 그런가 해서 여쭈어보았을 뿐입니다."

"사실은 어제 여기를 지나가다 간판을 보았습니다. 저도
평소 이런 쪽에 몹시 흥미를 가졌던 터라, 달리는 알아볼

길도 없고 해서, 이처럼 대뜸 들어온 것입니다."

"좋습니다. 좋습니다."

코밑수염은 몇 번이나 고개를 끄덕이고 나서 단체의 윤곽을 알려주는 것이었다.

우리나라에서는 전혀 처녀지의 형편에 있지만, 심령학의 연구는 외국에서는 활발한 활동을 하고, 세계심령학회라는 조직이 뉴욕에 본부를 두고 있는데, 여기는 한국 지부라는 것이며, 입회원을 낸 지 일 년 안에는 회원이 될 수 없다는 것, 단 도서 열람이나 정신 의료상의 상담에는 언제든지 응한다는 이야기였다.

그는 본부에서 내는 기관지를 내보였다. Psyche라고 흰 글씨로 박히고 바탕은 검다. 몇 장 뒤적이다가 어떤 논문에 눈길이 못박혀졌다. 한, 반 페이지나 정신없이 읽다가 그는 언뜻 큰 실례를 하고 있는 것을 깨닫고, 책을 덮는 시늉과 함께 코밑수염을 향하였더니, 그는 빙그레 웃고 나서 일어서서 옆방으로 들어가버렸다.

족히 반 시간이나 걸려 논문을 읽고 나서 그는 멍한 채 앉아 있었다.

어떤 결정적인 말을 읽었을 때의 부듯함이었다. 불경의 어떤 구절처럼. Psycho-Humanism이란 제목이 붙은 그

논문에는, 아름다운 필체로 '시몬 밀러'라 서명돼 있었다. 논지는

현대 사회에 있어서의 인간의 정신적 분열은, 세계관의 상실에 유래하는 윤리 감정의 결핍에서 오는 것인데, 이것을 구하기 위하여는 새로운 세계관을 준다는 방법으로써는 불가능하다. 왜냐하면 역사가 밝혔듯이 세계관이란 바뀌는 것이며, 인간은 변하는 것 위에서 마음놓을 수 없기 때문에. 종교도 또한 그 길이 못된다. 종교의 핵심은 교리와 전설이 상징적 매개를 통하여 인간이 자기의 영혼 가운데서 획기적인 영혼의 혁명을 일으키는 데 있음에도 불구하고, 그런 행복한 성공이란, 저 '은총' '소명' 등의 말이 가리키듯이 어느 뛰어난 정신의 소유자에게, 그것도 아주 우연한 형태로 이루어지는 것이므로, 보통 사람에게는 바라볼 수 없는 귀족적 방법이라 할 수밖에 없다.

문제의 해결은 이 같은 영혼의 승리를, 밀교와 같은 신비주의로부터 대량적인 적용이 가능한 법칙성의 차원에까지 끌어내는 데 있다. 조잡한 표현이라 할는지 모르지만, 성자를 기계적으로 만들 수 있는, 영혼에 대한 기계적 조작 법칙을 찾아내는 것이다. 인간의 얼굴을 기계적으로 미인을 만드는 방법과 같이, 영혼의 정형술을 만들어내는 것이다. 역사적인 휴머니즘의 제형태가 혹은 윤리를 혹은 가치를 그 중추로 한 순

전히 공상적인 것이었다면, 우리가 주장하는 휴머니즘은 오늘날 과학의 세계에서 홀로 신비의 너울을 벗기지 않으려는 정신의 세계에까지 인간 자신의 창조적 노력을 들이대어, 어떤 우상—신이든, 가치든, 핏줄이든, 자연이든간에—에도 기대지 않는 인류 자신의 손에 의한 인류의 건짐, 십자가가 달린 선의의 한 인물의 가슴 아픈 희극을 번연히 알면서 그 선의 속에 자학적인 신뢰를 건다는 저 서양이 이천 년 동안 받들어온 주술적 믿음 대신에, 이 영역에 있어서도 우리는 완전히 방법론상으로 자각적이어야 한다는 것이다. 우리의 모험은 그러나 인류 역사상 난데없는 것은 아니다. 이 길에도 빛나는 앞선 이들이 있다. 동양 고대의 성자들의 구도 의식(求道意識) 에 대한 알아보기 끝에 본인은 놀라움을 금치 못하였다. 거기에는 분명히 무엇인가가 있다. 먹지 못할 포도를 가리켜 시큼할 거야 해버리는 식의 무시를 허용하지 않는 무엇인가가 있다. 그러나 이 빛나는 무엇인가에도 불구하고 그들의 방법은 현대의 것이 될 수 없다.

그것은 너무나 시적인 비유와, 고아한 역설에 넘친 영혼의 줄타기에 속하는 것이므로, 생각 없는 눈에는 단순한 놀이로 비치거나, 혹은 구원할 수 없는 자가류의 풀이에 빠질 우려가 있기 때문이다. 한마디로 말하면 빵집 아주머니 '엘자' 나, 담배 가게 '조지' 나, 이발소집 '짐' 에게는 감히 가까이 가볼 수 없는 귀족적 방법인 것이다. 그렇다. 제군이 즐기는 말을 빈다면 동양의 방법은 민주주의적이 아닌 것이다. 동양은 영원히 민주주의를 모르는 것이다. 우리의 방법은 그와는 다르다. '엘자'도 '조지'도 '짐'도 익힐 수 있는 구원의 길을 심리학적 법칙성으로 터주자는 것이다.

만인이 쓸 수 있는 영혼의 공식을 알아내는 것이 우리의 목표다. 이 때문에 나는 우리의 주장을 가리켜 그 방법론적 자각성을 표시하는 Psycho를 머리에 붙여서 Psycho Humanism 이라 부르는 것이며, 사람이 달에 갈 수 있는 날이 다가선 오늘날에 있어서도 아직도 여전히 돈키호테적 꿈이라는 구박을 받기가 십상인 이러한 획기적 연구의 분야는, 불행하게도 또는 어떤 뜻에서는 다행스럽게도 오직 심령학만의 고투에 맡겨져 있음을 말하지 않을 수 없다. 영혼의 해탈의 비밀을 숨기고, 그 중세기적이며 수공업적인 명장 의식(名匠意識)을 버리지 못하고 해탈을 위한 기계적 방법의 가능성에 대한 논의를 공격하는 수많은 종교가들의 경건한 체하는 흥분 가운데는, 얼마나 너절한 직업적 두려움이 깃들여 있는 것인가. 마치 산업 혁명 당시의 영국 숙련공들이 새로 나온 '기계'를 저주했듯이. 그러나 끝내 그 기계가 이겼듯이 마지막 신비의 너울이 벗겨지는 날은 반드시 올 것이다. 그 싹은 심령학 속에 있으며, 그 방향은 Psycho Humanism 위에 있다.

이런 문제에 대하여 이런 주장을 하는 그 논문의 중첩된 관계대명사와 꼬리를 문 형용절과 추근추근한 조건절에 휘감긴 그 구문 속에서, 민은 동양인의 두 배는 보통 되는 저 부하니 털이 있는 두툼한 손, 기름진 반들거리는 서양인의 육감적인 손이 자기의 목구멍에 밀려드는 환상을 보며 울컥 메스꺼워지는 것이었다. 로맨티시즘의 최후의 거점, 달로 인간의 비행기를 띄워보낸 저 서양인의 '기름진 손'을. 그렇다. 동양에 없는 것은 이 '기름진 손'이다.

"꽤 흥미가 있으신 모양이군요?"

그는 퍼뜩 명상에서 깨어났다.

"네… 이 '밀러'란 사람은 어떤 사람입니까?"

"네…?"

코밑수염은 옆으로 다가와서 그 논문을 들여다보더니

"아, 이 사람 말입니까? 시카고 대학 안에 있는 심령학 연구회 지도교수입니다."

민은 자기가 느끼는 반발은 밀러 씨의 야유처럼 서민 의식에서 오는 것일까 그렇지 않으면 논점을 선취당한 패배감일까 재어보았다. 아무려나 뼈근한 이야기였다. 성자의 대량 생산. 빌어먹을. 서양놈들이란 어디까지 기름진 욕망의 인종들인가.

"댁에서도 퍽 콤플렉스가 센 편인 것 같으신데, 어때요.

요사이 저희들이 해보고 있는 좋은 치료법이 있는데 받아보시지 않으렵니까?"

민은 빙긋이 웃어보였다.

"성자가 되는 치료법입니까?"

이번에는 코밑수염이 웃었다.

"최면술의 힘을 빌어서 자유 연상에다 일정한 암시를 주는 방법입니다."

민은 끌렸다.

"어쨌든 치료가 끝날 때까지는 방법에 대한 이야기를 털어놓으면 피치료자가 거기에 걸려서 효과가 재미없을 때가 많으니까요. 치료 후에 조금이라도 기분이 개운해지면 그건 효과가 있는 증겁니다. 해보시렵니까?"

그는 고개를 끄덕이고 일어나서 코밑수염이 가리키는 대로 옆방에 차려진 침대에 몸을 뉘었다. 코밑수염은 흰빛의 알약을 권하면서 말하였다.

"자, 나를 보십시오."

민은 코밑수염과 눈길을 맞추었다.

"당신은 이 자리에서만은 자신의 신분을 속일 필요가 없습니다. 만일 그것을 말한다면 세상 사람들이 앙천대소하며 놀리려 들 것이 뻔한, 당신의 정말 신분과 이야기를 나에게 들려주십시오. 세상의 속물들에게서 한때나마 떨어져서, 사람의 관심이란 정말은 무엇인가를, 말이 통하는 벗을 놓고 오순도순 말해본다는 것은 얼마나 아름다운 유혹입니까. 사랑하는 사람의 유혹에는 넘어가주는 것이 너그러운 마음 가진 자의 덕입니다. 믿는 벗의 농 섞인 조름에 짐짓 넘어가서, 사실은 혼자만 새기면서 죽어야 할 첫사랑의 이야기를 조용히 털어놓는 것은 사람을 파멸에서 건지는 길입니다… 그렇지요?"

"글쎄? 딴은, 그래서…?"

"자 우리는 저 오솔길을 압니다. 일상성의 틀을 살며시 밀어내면, 그 뒤에 숨겨진 영원에로의 입구를 우리는 압니다. 우리의 잃어버린 옛날로 길을 떠납시다. 우리는 왜 서투른 이방에서 쑥스럽고 불편한 외국말로 이야기해야만 합니까? 우리말로 이야기합시다. 저 고귀한 영감으로 가득찬 우리말로. 고향의 정다운 사투리 속에서만 우리는 점잖음을 되찾을 것입니다. 외국말을 쓴다는 것은 발에다 쇠뭉치를 달고 뜀뛰기를 하는 것이나 다름없지요."

그건 그렇다. 옳은 말이다… 무어 나는 숨기려는 게 아니야… 통하기만 한다면 왜 대화를 마다하겠는가. 나는 침묵을 저주한다. 암… 오해받기가 싫어서 뒤집어쓴 탈일 뿐이지…

"정이 식은 애인이, 과대망상증이라는 딱지를 붙여서 소문을 퍼뜨리는 것이 두려워, 차마 애인에게도 말 못 할 영혼의 고백을 들려주십시오. 세상이 메마르고 울화가 터질 꼬락서니가 거리에 넘쳐도, 영원의 나라의 버릇을 그래도 잊지 않고 있는 녀석 한둘은 씨가 마르지 않는 법입니다. 그까짓 여자의 세계. 사나이의 우정이란 시큼한 진실이 있는 법입니다."

그렇다. 그렇다.

"당신은 잊어버린 것이 아닙니다. 곁에 있는 사람이 넘겨다볼까 두려워서 깊이 감싼 것뿐입니다. 풀어놓으십시오."

오… 그렇다… 아마…

"자 인제 생각나시지요? 당신이 누구인지."

…! …

"네 알겠습니다. 생각나는군요! 오 벵갈 평원이 보입니다. 나는 가바나(迦婆那)국의 왕잡니다. 이름은… 이름은…"

코밑수염은 낮으나 힘있게 북돋는다.

"괜찮습니다. 왕자, 이름을 밝히십시오."

"내 이름은… 가바나국의 왕자, 다문고(多聞苦) 삼천여 년 전 인도 북부에서 융성한 왕국 가바나의 왕자요. 나는 지금 침실에 있군요… 그리고…"

코밑수염은 벽 한 편에 친 커튼을 들췄다. 그 자리에 숨겨진 문이 나타났다. 그가 문을 조심스럽게 열고 저편 방에 들어섰을 때, 거기에 세 사람의 인물이 앉아서 담배를 피우고 있었다. 그 중 대머리가 벗어진 한 신사의 손에는 Psyche가 들려 있었다. 탁자 위에는 한 대의 소형 확성기가 놓여 있다. 코밑수염이 다가서서 스위치를 넣었다. 그러자 중얼거리듯, 망설이듯한, 무겁고 느릿한, 남자의 말소리가 흘러나오기 시작했다. 세 사람은 일제히 담뱃불을 비벼 끄고 귀를 기울인다.

…침상 머리맡에 놓인 키 높이 황금 촛대에서 흐르는 불빛이, 흑단(黑檀) 침대에 부딪쳐서는, 창을 가린 벵갈 모시의 우아한 무늬속으로 안개마냥 스며든다.

나는 내 팔을 베고 누운 궁녀 아라녀를 물끄러미 내려다보았다. 몸둘 바를 몰라서 금세 잦아들 듯싶은 몸매로 나의 방에 들어왔던 여자가, 지금은 이렇게 활개를 펴고 깊은 잠에 빠져 있다. 조금 벌린 입술 틈으로 이가 드러나보인다. 고르고 흰 이다. 왕후마마의 분부로 왕자를 모시러 왔습니다. 서녁에 이렇게 말하며 이 방에 들어선 여자를, 나는 덤덤하게 받아들였다. 제왕의 당연한 풍류로 가볍게 여긴 탓일까. 아니다. 이 여자가 말하는 뜻을 알아차리자 나는 어머니의 당치않은 오해에 노여움이 솟았다. 나의 일상의 우울을 그녀는 자기대로 풀이한 것에 대한 노여움이었다. 그러나 한편 모르는 것에 대한 충동이 나의 몸을 뜨겁게 한 것이다. 바라문의 성자들이 그렇게 경계하고 갖은 고행으로 억누른다고 하는 몸의 열반을, 스스로 가져보고 싶은 충동에서였다. 만일 그 기쁨이 그리도 강하고 끌리기 쉬운 힘을 가졌다면, 과연 지금의 나의 괴로움과 바꿀 만한 것인가, 어떤가, 하는 점을 알아볼 생각에서.

결과는 부(否)였다.

황홀한 순간을 지난 지금, 나는 이제껏 겪지 않은 또 하나의 탈이 내 얼굴에 덧씌워지는 것을 느꼈다. 나는 아직 잠든 여자의 목덜미에 입술을 대었다. 따뜻한 부드러움이 내 입술을 맞이하는 것이었다. 나는 손을 들어 턱과 목을 만지다가, 희고 화려하게 솟은 가슴을 더듬었다. '아름다운 그릇이여.' 나는 속으로 뇌었다. 이런 아름다운 그릇은, 그러나, 손을 뻗치면 어디나 언제나 있을 수 있는 것이었다. 그러나 이것은 아니었다. 분명코 이것이 아니었다. 내가 바라던 것은 이것이 아니었고, 또 내가 바라는 것이 이것으로 이루어질 수 있는 것도 아니었다. 나의 여자의 얼굴을 위에서 똑똑히 들여다보았다. 모든 것이 다 갖추어진 얼굴이었지만 한 가지가 모자랐다. 그 한 가지가 무엇인지 나도 모른다. 사람의 얼굴을 브라마(Brahma)와 하나를 만들어 주는 그 '한 가지'가 무엇인지 모르기 때문에, 가바나성 제일의 미녀를 품에 안아도 나의 마음은 막막할 뿐이었다. 오히려 이런 아름다움에 만족하며 전쟁과 정치 속에 묻혀서 왕자답게 살 수 있기를 원했으나, 이제 와서는 벌써 내 힘으로써도 돌이킬 수 없이 마음에 파고든 구도(求道)라는 마(魔)는, 찰나의 안심도 나에게 주지 않는 것이다.

나의 소원은 브라마의 얼굴을 가지고 싶다는 것이다.

내가 그 그림을 본 것은 한 해 전 나의 스승이 떠나면서 잠깐 보여준 것이 처음이며 마지막이었다.

"이것이 브라마가 사람으로 나타난 모습입니다. 보시오, 이 두루 갖추고 굽어보는 얼굴을. 왕자가 일생을 두고 다듬어야 할 얼굴의 본이 바로 이것이오."

스승은 나의 앞에 한 폭의 그림을 펼쳐보였었다. 그것을 들여다본 나는, 숨이 막혔다. 거룩한 아름다움, 그리고 무엇보다도 그 망설임을 넘어선 표정이었다. 모든 일을 따뜻이 끌어안으면서 그 만사에서 훌훌히 떨어진 영원의 얼굴.

나는 그림의 자취를 눈으로 빨아들이기나 할 것처럼 보고
또 봤다. 잠시 눈을 감았다가도, 다시 들여다보았다. 그때
부터 나의 머리에 그 영원의 얼굴이 뜨거운 인두로 지지듯
새겨졌다. 스승의 말이 아직도 쟁쟁히 울리며 내 귓전에 남
아 있다.

"모든 사람의 얼굴은, 이 참다운 얼굴을 가리고 있는 탈
이오. 모든 사람의 얼굴은, 이 브라마와 꼭같이 거룩한 얼
굴을 하고 있으나, 업(業)과 무명(無名)에 가리워 그 탈을
벗지 못하는 거요. 왕자, 이 일은 왕국보다 중하오. 자기의
얼굴을 브라마의 얼굴로 만들 때까지 쉬지 마시오."

쉬지 말라 하였을 뿐, 스승은 그 얼굴을 가질 수 있는 아
무런 길도 가르쳐주지 않고 떠나버렸다. 그러나 나는 모든
사람 속에 브라마가 숨겨져 있다는 가르침을 믿었다. 이 누
리의 모든 비밀을 알고 난 다음에 비로소 그런 얼굴이 자기
에게 주어지는 것이리라 생각했다. 가끔 지칠 때 피리를 부
는 것뿐, 오늘까지 나는 서재에 파묻혀 살았다. 나의 서재
에는 아무의 눈에도 띄지 않는 곳에 거울이 숨겨져 있다.

내가 그 거울을 들여다볼 때마다, 거기에는, 무엇인가에
쫓기는 자의 초조와 짐짓 평정을 꾸며보는 가짜 성자의 둔
감이 하나로 엉겨붙은 탈이 비친다. 자신을 가장한 눈의 표

정. 저 탈을 피가 흐르도록 벗겨냈으면. 그 뒤에 분명 숨겨진 깨끗하고 탄력 있는 살갗의 얼굴을 가리고 있는 이 탈을 벗겨낼 수만 있다면. 나는 요사이 공포에 가까운 마음으로 눈치채고 있는 일이 있다. 날이 가면 갈수록, 나의 학문이 깊어지면 깊어질수록 내 얼굴이 오히려 그리는 얼굴에서 멀어져가고 있다는 일이다.

이 생각은 나를 미친 듯한 초조에 몰아넣는다. 깊은 학문을 하면 할수록, 내 표정은 점점 맑아가고 수정처럼 영롱해가야 할 터인데, 그 반대로 되어가는 까닭은 무엇일까? 무지한 탓으로 소박한 표정을 가지는 것은 아무런 값이 없다. 들꽃이 자기 미모에 아무런 자랑도 가질 수 없음과 같다. 간디스 강변의 모래알처럼 많은 슬픔과 기쁨을 안고, 히말라야의 눈 덮인 언덕처럼 높고 맑은 슬기를 가졌으면서도, 마치 어느 바닷가 소금 굽는 어린소녀와 같은 천진한 웃음을 지닐 수 있는 것, 이것이 아니면 안 된다. 무지한 데서오는 단순하고 소박한 마음은, 악귀의 꾀임에 견딜 수 없고, 별처럼 숱한 이 세상 괴로움에 견딜 힘도 없다.

그러한 얼굴은 그저 '하나'일 뿐이다. 겹겹의 업이 사무쳐 이루어진 '하나'가 아니다. 언뜻 보기에 물 긷는 소녀의 투명한 표정은 브라마의 저 투명한 표정과 닮았지만, 하나는 광물처럼 무기(無機)한 영혼의 타면(墮眠)이며 하나는 불꽃을 겪고 나온 영원의 원면(原面)이다. 학문을 깊이 해서 나쁠 까닭이 없다. 학문은 불꽃이며 인간의 괴로움을 풀이하고 가름하는 힘을 준다. 소금 굽는 소녀의 투명함이 그대로는 아무런 값이 없는 캄캄한 밤이라면, 남은 길은 브라마의 이법을 캐고 모든 학문을 내 것으로 만든 다음에 오는 저 아침으로 가는 길밖에 또 무엇이 있을까.

그러나 거울을 볼 때마다 탈은 더욱더 굳어가고, 그늘이 짙고, 홈이 패여가면서, 투명한 얼굴의 바닥이 자꾸 뒤로 숨어 들어가는 것은 어떻게 된 일일까. 산호의 수풀과, 진주의 벌판을 간직한 채, 한 빛깔 담담한 푸른빛으로 웃음짓는, 저 인도양의 물 같은 얼굴은, 어찌하면 가지게 되는가. 이빨을 가는 표범과, 굶주림에 울부짖는 늑대를 가슴에 품은 채, 한 빛깔 눈부신 흰빛으로 푸른 하늘을 우러러보는 저 히말라야의 낯빛을 어찌하면 닮을 수 있을까. 이 서로 어긋나는 두 극이 부드럽게 입맞추게 할 수 있는 그 비법은 무엇일까.

나의 괴로움은 여기 있다.

나의 가끔 자기의 방법에 무슨 잘못이 있는 게 아닌가 그렇게 생각해본다. 나의 얼굴에 씌워진 이 탈을 벗자면, 그 위에 새겨진 그늘과 홈을 영혼의 힘을 가지고 하나하나 지워나가는 것, 또는 하나하나 다듬어가는 길밖에 다른 도리란 생각할 수 없는 일이다. 사람의 영혼이란, 브라마가 그 그늘을 던지는 못과 같으며 얼굴은 그 겉면인 것이다. 물속에 아름답고 빛나는 것을 간직하면 할수록, 겉에 어리는 그림자는 그윽할 것이다. 이 얼의 깊은 늪에 산호를 가꾸고, 진주를 배게 하고, 빛깔 고운 조개를 벌여놓아 물결을 헤살짓지 않고 바람이 일으키는 물결을 어루만져 물을 제자리에 가라앉히는 버릇을 가진 고기떼들을 기르는 일이, 바로 구도가 아니고 무엇인가.

그러나 내 얼굴에 씌워진 탈을 벗겼다고 생각하는 순간 벌써 탈은 뒤로 물러나 여전히 도사리는 것이었으며, 그 탈을 한번 더 벗기면 또 뒤로 물러난다. 마치 그림자를 밟을 때와 같은 술래잡기— 끝없는 술래잡기다. 이쪽이 가만있으면 저쪽도 안 움직인다. 이것이 무한지옥이라는 것일까. 사람으로 태어나, 가장 보람 있고 가장 복된 자아 완성의 길에 든 내가, 이런 끔찍한 삶을 맛보아야 한다는 것은 말이 되지 않는다. 원만하고 부드러운 심경으로 느긋이 거니는 봄날의 시골길같이 평화스러운 것이 자아 완성의 길이어야만 할 것 같은데. 풍족한 느낌 대신에 굶주린 도깨비마냥 헉헉한 가슴을 쥐어뜯으며, 핏발 선 눈으로 새벽을 맞는 것이 브라마의 길이어야 한다는 것은 모순이었다.

흙탕 속에서 꽃이 피어나는 그런 역설일까. 그렇다 하더라도 이 길은 어디까지 가야 할지 알 수 없는 일이었다. 어디서 그치는 길이며, 이 싫은 탈이 떨어지고, 저 깔끔한 얼굴이 내 것이 되는 날이 그 언제일까를 생각할 때, 나는 자기가 돌이킬 수 없는 손해를 저지르고 있는 것이나 아닌지 어두운 마음을 걷잡을 수 없다.

지금에 와서 이 괴로운 길을 버릴 수는 없다. 그것은 무슨 전공이 아깝다느니 하는 장사치의 속셈에서 나온 결심이 아니다. 이 길에 든 나의 마음은 벌써 비탈을 구르기 시작한 돌덩이처럼 내 힘으로도 어찌할 수 없다. 나의 마음속에 끈질긴 사로잡힘의 뱀이 든든히 내 얼굴을 휘감아 끼고, 끝없는 이 길로 나를 다그치는 것이다.

여색의 길만은 내가 아직 알지 못한 세계였다. 이 세계를 이루고 있는 모든 것을 알고 말겠다는 것이 나의 욕망이며, 그렇게 함으로써만 이 탈을 벗을 수 있다면 여인도 또한 피할 수 없는 것이다. 더욱, 중들이 그처럼 멀리한 것이라면, 그만큼 알아볼 값이 있는 것이었다. 궁녀 아라녀를 아무 말 없이 받아들인 나의 마음에는 이런 속셈이 있었던 것이다.

이것도 뚜렷한 한 가지 기쁨이다. 목이 메도록 슬프고 기쁜 일임에는 틀림없었다. 오히려 모든 학문에 비겨서, 그 직접적이고 단적인 점으로 사람이 이때만은 티없는 자기 자신이 될 수 있다는 커다란 발견을 한 것이었다.

그러나 너무도 짧았다. 이 긴장이 거짓이라는 표는 바로 그곳에 있었다. 그 견줄 데 없이 티없고 맑은 데 비하여, 행위 이전보다도 더 큰 허무의 주름이 나의 탈에 깊이 새겨지는 것은 이 길이 순수하면 할수록, 거짓에 가깝다는 증거 이외의 아무것도 아니었다. 그 녹을 듯한 기쁨, 그리곤 허전함, 인간의 가죽을 벗고 싶은 시들한 뒷맛은 무슨 까닭인가. 사람과 사람이 더욱더 상처를 주고받고, 더욱더 탈을 깊게 도사려 쓰게 하는 누군가에게 속고 난 다음 같다.

나에게는 한 여인을, 목적이 아니라 수단으로 다룬 하룻밤에 대하여 인간적인 죄악감 같은 것은 조금도 없다. 다만 나의 실험이 헛되었다는 실책감만이 덩그러니 남아서 뜬눈을 감지 못하고 엎치락뒤치락 하는 것이었다… 그 기척에, 잠들었던 여자가 부스스 눈을 뜨면서, 팔을 들어 내 목에 감아왔다. 그 몸짓이 지극히 태연스럽고 버젓한 체하는 것으로 보이면서, 나는 순간 어떤 불결한 상상이 떠올랐다. 나는 감아오는 여자의 팔을 세게 비틀어올렸다. 아… 하는 절반은 아직도 졸음에 묻힌 비명을 끌다가, 이번에는 분명히 잠에서 깬 눈으로 나를 쳐다보는 것이다. 그 눈을 보고 놀랐다. 여태껏 나를 이렇게 바로 볼 수 있는 사람은 두 사람밖에 없었다. 아버지와 어머니와. 거리낌없이 눈길을 얽어오는 궁녀의 눈에서 나는 처음으로, 이 여인과 나 사이에 벌어졌던 일의 뜻을 똑똑히 알았던 것이다. 나는 다른 탈 하나가 떨어질 수 없이 튼튼히 내 살갗에 엉겨붙는 것을 느꼈다. 나는 그 탈을 힘껏 잡아떼려고 손에 힘을 주었다. 결과는, 여자의 입에서 더 깊은 고통의 신음이 그러나 소리를 죽이며 흘러나왔다.

…얼마나 지났을까. 민은 차츰 걷히는 마음의 안개 속에서 저를 되찾아갔다. 노동을 마치고 난 고달픔이 있었으나, 무거운 것은 아니고, 어딘지 후련한 배설감을 데리고 있었다. 깨고 싶지 않은 꿈을 보았을 때처럼, 단맛이 가물가물 남아 있었으나, 그 꿈의 안속은 단 한 자리도 떠올릴 수 없는 게 아쉽다. 그는 눈을 번쩍 떴다. 코밑수염이 들여다보고 서 있다.

"그 동안 잠이 들었던가요?"

"그렇습니다."

"그럼, 잠재우는 게 치료군요?"

"잠도 잠이지만, 좋은 꿈을 꾸면서 즐기는 잠이지요."

"전혀 기억하지 못하겠는데요?"

"그것이, 좋은 꿈입니다. 보통 꿈 없는 잠이 단잠이라고 하지만, 그 꿈을 기억하지 못하는 것뿐입니다. 사람은 늘 꿈을 꿉니다. 분열이 없이 순수하게 활동할 때는, 영혼은 고달픔을 느끼지 않는 법입니다. 왜 무슨 일을 열중해서 할 때는 고단한 줄 모르지 않아요? 그런 다음에 오는 피로를 그 활동의 결과라고 함은 근거 없는 말입니다. 오히려 그런 순수한 활동의 중단에서 오는 좌절감이, 곧 피로라는 현상이지요. 말을 바꾸면, 열중할 생활 내용이 없을 때, 사람은 늘 피로한 겁니다. 과로란 말은 자발성이 없는 데서 오는 것입니다.

"보통 이론과는 반대군요."

"그렇게 됩니다."

"아니 좀 이상한데…"

"뭐가요?"

"아무도 모르는, 본인도 모르는 꿈을 과연 꾸었는지, 안 꾸었는지 어떻게 꾸었다고 단정하느냐 말입니다."

코밑수염은 소리를 내어 웃었다.

"간단하지요. 의식이 활동할 때의 대뇌 피질의 주파수와, 잠잘 때의 주파수를 비교해보면 됩니다. 본인은 기억하지 못한다는 경우에도, 기계 장치의 바늘은 나타내고 있는 것으로써 알 수 있지 않습니까?"

"그러면 본인도 기억 못 하니 그 꿈은 누가 꾸는 것일까요?"

코밑수염은 두 번째 웃었다.

"자격이 있으십니다. 그러나 유감스럽게도 연구가 아직 거기까지는 미치지 못했습니다. 다만 가설을 말씀드리는 것이 용서된다면 아마 어느 근원적인 '나' 혹은 '우리'가 꾸는 것이겠지요. 개개의 '나' 나, 추상적인 '우리' 이전의 말씀이에요."

민은 시를 듣고 있는 기분이었다. 그러자 또 한 가지 생각이 나서 그는 물었다.

"최면술이라 하셨지만, 약품으로 잠을 자게 한 것이 아닙니까?"

"그렇지 않습니다. 약품은 기분 조정에 쓴 내과적인 처방이었을 뿐입니다. 시술한 부분을 기억 못 하시는 것은 그것이 바로 최면술인 까닭입니다."

거기에는 민도 할 말이 없었다.

돌아서 나올 때 코밑수염은 생각나는 대로 찾아와서 다시 한 번 치료를 받으라고 이르면서, 그에게 기관지 Psyche를 빌려주었다.

이른봄의 궂은 비가 지척지척 내리고 있었다. 외투깃을 세워서 목으로 떨어져오는 비를 막으며, 민은 지금 자기가 품고 나오는 상쾌감의 까닭을 꿈결처럼 생각해보는 것이었다.

2

오월이 되자 민은 철이 바뀔 때마다 겪게 마련인 뒤숭숭한 느낌에 겹쳐서, 현실적으로도 초조해야 할 여러 가지 문제가 한꺼번에 몰려드는 것을 보아야 했다.

먼저 작품의 문제가 있었다. 무어니무어니해도, 예술가로서의 자기 재능에 자신이 있는 동안에는 결정적인 파국은 피할 수 있는 것이었기 때문에, 그런 좋은 작품을 쓴다는 것은 유력한 자기 구원의 길이었다. 먼젓번 원고를 태워버리고 나서 몇 번이나 붓을 들어보았지만, 막연한 감동에 끌려 원고지를 대하곤 할 때마다, 번번이 형상화하기까지에는 너무나 약한 모티프였던 것을 느끼게 되기가 일쑤였다. 게다가, 강선생이 다음 레퍼토리로 그 작품을 쓰자고 부쩍 열을 내기 시작한 후부터는, 기분에 따라 언제든지 쓰려니 하는 셈으로 나갈 수는 없는 것이었다.

민이 벌써부터 쓴웃음으로 느껴온 바지만, 어찌 보면 민에게는 신념을 가진 사람이나 훨씬 나이 먹은 사람의 원만한 평정이라고 잘못 알 만한 풍모가 있었다. 서른이나 그만한 나이에 달관이란 것이 도대체 원리적(?)으로 될 일이 아닐 텐데, 다른 사람들은 민에게서 젊은 나이에 된 사람이라는 인상을 받는 것이었다. 그런 치명적인 오해는, 그럴수록 민의 행동에 올가미를 씌웠고, 자아 기만과 그에 대한 반발이라는 바싹 마음을 썩이는 악순환을 가져왔다.

이런 모든 의식의 고통을, 작품을 쓴다는 일로 다스려보자는 그의 생각은, 틀린 것이 아닌지도 모르지만, 작품은 그런 바람대로 움직여주질 않았다. 영감이 우선 오는 것인지 모르지만, 그저 그뿐이었다. 시작이 반이란 말은, 예술의 세계에서는 거짓말이었다. 이렇게 일이 안 되고 보면, 안 된다는 사실을 지나서 재능을 의심한다는 참기 어려운 괴로움을 불러낸다. 물론 자기 힘을 의심해본다는 일은 나쁘지 않은 일이지만, 그보다 어두운 절망과 짜증이 앞서는 것은 역시 참을 줄 모르는 젊음의 탓이었을까. 그는 당장

자기 재능에 대한 보장을 눈앞에 볼 수 있다면, 단두대라도 사양치 않을 것 같았다.

인생을 두고 한 개 한 개 벽돌을 쌓아올리는 식이 아니고, 해가 떨어지면 횃불을 켜들고라도 하룻밤 사이에 성을 쌓아버린 다음, 나머지 기나긴 세월을, 완성의 다음에 오는 저 느긋함과 덤비지 않는 의젓한 얼굴을 가지고 살고 싶었다. 마음의 완성 없이 인생을 산다는 것은, 화장하지 않고 무대에 서는 것이나 다름없다 싶었다. '마지막 것'을 잡지 못하고는 단잠을 자지 못하겠다는 상태는, 결론광이라고나 할까, 겉으로 보이지 않는, 그것은 고요한 광기였는지 모른다.

미라와의 사이만 해도 그랬다. 어떤 격렬한 마지막 것을 바랐다. 마지막 것을 일시에 가지고 싶다는 것은, 죽음을 앞에 둔 사람이 느끼는 초조감이 아닐까. 싹이 트고, 그 위에 비 이슬이 스미고, 해가 쬐며 줄기가 자라 잎이 열린 후, 열매가 드디어 맺는, '과정'은, 다만 발을 구르고 싶도록 안타까운 헛일처럼 여겨졌다. 그런 낭비를 모조리 젖혀버리고, 단숨에 빛나는 핵심을 쥐고 싶었다. 선고를 받은 사람이, 촉박한 가운데 처리할 수 있는껏 많은 양을, 되도록이면 빠른 시간 안에 해치우자는 심정. 다시 못 올 먼 길을 떠나는 사람이, 아무것도 모르는 가족들의 늘어진 움직임에서 받게되는 짜증스런 야속함 같은 것, 문밖에 희미하게 들리는 어느 사람의 발자국이 출발을 다그치는데, 집안 사람들은 아무도 그 낌새를 눈치채지 못할 때 당자가 느끼는 미칠 듯한 마음.

그러면 사랑이란, 죽음의 선뜩한 냉기를 눈치챈 자의 채난(採暖) 작업이랄까. 서로 몸을 오그려붙이며 하얀 얼음판 위에서, 처음, 몸과 몸으로 비벼댄 빙하 시대의 불씨의 이름을 사랑이라 하는가. 그렇게 알아낸 불씨를, 사람들은 몸에서 몸으로 전해오는 것이지. 불씨를 하늘의 동정자가 갖다주었다는 말은 그릇 전해진 것이다. 이 사랑이란 불씨는, 사람들이 어쩌지 못할 죽음의 냉기를 막기 위하여 만들어낸, 인간 자신의 재산이다.

온대에 사는 신의 나라에 사랑이 있었을 리 없다. 삶을 을러대 추위 속에서 태어난 인간의 발명품이다. 사랑이 아무리 불타도, 눈이 닿는 곳까지 허허한 얼음 벌판의 추위를 막을 수는 없었을 게다. 그러나 사람들은 태우고 또 태웠다. 지구의 양 꼭지에만 남기고 대부분의 땅을 녹여버린 것은, 그 얼마나 많은 세월을 사람들이 태워온 사랑의 열매일까. 그러나 지구는 또다시 얼어붙기 시작했다. 이 눈에 보이지 않는 얼음은 더욱 차갑다. 눈에 보이지 않는 탓으로 우리는 옛사람들보다 불씨를 허술히 다룬다. 휘몰아치는 바람 속에, 깊은 얼음 구멍 속에, 우리의 불씨를 빠뜨렸을 때, 우리는 얼어 죽는다.

춥다. 현대는 정말 춥다. 혼자서는 불을 못 피운다. 바람을 막으며 손바닥만한 얼음 위에 불을 피우려면 두 사람이어야 한다. 작업에는 짝패가 필요한 것이다. 어느 일에나 그렇지만, 짝을 잘못 만나면 일을 망친다. 한눈을 팔지 말아야 한다. 남의 모닥불을 탐내어 한눈을 팔 때, 다시 없는 불씨는 꺼지고 만다. 남의 불도 다 그렇고 그런 것. 남에게서 꾸어올 수는 없는 불씨고 보면, 함부로 불댕길 수는 없다. 이거다 싶은 짝을 만났을 때 그들은 시간을 낭비해서는 안 된다. 실수 없이 강렬한 목숨의 보람을 불태우는 작업을 서두르는 데 그의 광기가 있는 것일까.

안심이란 게 없는 그러한 마음 한편 구석에는, 순교자의 자학적 기쁨과 의젓한 자랑스러움이 없는 것도 아니었다. 가끔 생각한다. 왜 지근지근 쑤시는 이마에 싸늘한 손끝을 씹으며 살아야 하나. 마치 세계의 열쇠를 자기가 쥔 듯이 느끼는 절박감은 못난 망상이 아닌가.

내가 완성을 이루든 그르치든, 저기 흘러가는 저 생활의 강물은 여전히 흐르는 것이다. 내 혼자의 초라한 초조를 무슨 사명감으로 자부하려 들면 안 돼. 내가 정말 바라는 것은 무엇일까? 그러나 한번 눈을 뜬 모나드(monad)는 마치 체념의 재무덤에서 날개를 떨며 날아오르는 불새처럼, 새로운 회의의 하늘로 솟아오르는 것이었다. 그의 마음속에서 퍼덕이는 이 마(魔)의 새는, 아류적인 체념의 잿더미에 파묻히지 않는 고집을 가진 새였다. 털끝만한 거짓에도 날카로운 힐난의 울음을 질러대면서 몸부림치는 것이었다. 이 새의 목을 비틀어 파묻어버리려면, 얼버무리거나 속임이 아닌, 그 어떤 틀림없는 것이 있어야 했다.

그것이 무엇일까.

작품이 굼벵이 걸음을 치는 세월을 그는 The Psychic Society에서 빌어온 잡지를 읽는 일로 거의 보냈다. 미라의 생각이 퍼뜩 들 때면 웬만큼 늦은 시각이 아니면 그 길로 달려가곤 했다. 상큼하니 도사린 것 같으면서, 겉보기만큼 무정하지는 않은 그녀를 애인으로 가지고 있는 것은, 짐은 되면서도 버릴 수 없는 짐이었다. 그녀의 말대로 문화를 모르는 여자를 데리고 살지 않는 한 길은 한 가지, 서로 잘해보는 길밖에는 없다.

오월의 훈풍을 안고 기폭처럼 날리는 커튼이, 높이 뛰어

올라, 선반에 얹힌 인형들의 발목이나 허리며 어깨 언저리에서 헤살짓고 있다. 민은 일어서서 인형들 앞에 섰다. 꽤 많은 수가 얼굴만 있고 몸뚱어리는 막대기로 대신한 것들이다. 얼굴만 보여주고 나머지는 둥근 막대 하나로 때워버린 이 스타일의 창시자는 분명 천재였음에 틀림없다. 이 스타일의 원류는 옛날 중국 무덤에 있는 조각이 다른 문물의 전래에 섞여서 일본으로 건너가서 암시된 게 아닌가 하는 게 학자들 말이다.

서양 인형들, 말하자면 피에로 같은 것은 흥겨운 기분이 순간적으로 잡힌 느낌이었지만 중국 · 일본 · 한국의 그것은 유형(有形)의 것이 그 형을 서서히 잃어가는 마지막 순간인 양 싸늘하게 도사리고 있다. 인형의 표정과 어린애들, 또는 짐승의 그것 사이에는 닮은 데가 있다. 얼굴이 하나밖에 없다. 그런 표정은 민처럼 두 개 세 개의 얼굴의 스페어를 가진 사람에게 무어랄까, 빌붙어볼 수 없는 쌀쌀한 슬픔과, 닮고 싶은 사랑을 함께 불러일으켰다. 그는 밀러 씨의 성자 생산론을 생각했다. 성자들의 얼굴은 아마 이런 것이리라. 나는 성자가 되고 싶은 것이다. 성자가 되고 싶다는 이 우스꽝스런 욕망의 또 한 꺼풀 뒤의 마음은? 남을 위해서가 아니라 나를 위해서. 처음에 인형 모으기를 시작했을 때는, 재미로 한 것이었지만, 그들을 보고 지내면서 그런 여러 가지를 생각하게 됐다.

며칠 전 다니는 가게에 들러서 새로 들어온 것이 없을까 보고 있는데,

"여기는 어떻게 오셨습니까?"

돌아다보니 H선생이었다.

"지나다 보니 아무래도 그런데, 설마 인형 사러 들어올 것 같지는 않고…"

"왜요. 사러 들어왔는데요…"

"저런, 귀여운 취미를 가지셨군요."

"귀엽다구요…?"

민은 웃었다.

"아니 인형 모으는 취미에도 무슨 어려운 내력이 있는가요?"

"하긴, 그렇습니다."

그런 일이 있었다.

민은 그 인형의 얼굴에 미라의 얼굴을 겹쳐보았다. 그녀의 성미의 다양성과 이 인형들의 순수함이 하나가 된, 그 영혼의 몽타주는, 황홀한 아름다움을 지닌 얼굴이었다. 그녀가 이런 여자가 되어주었으면. 둔한 여자는 필요치 않았

다. 사람의 마음을 건축에 비긴다면, 먼저 튼튼한 돌이나 벽돌집이어야 한다. 발코니를 인 돌기둥이 받치는 현관. 현관의 문은 두껍고 굵직한 참나무로 짜이고 그 위에 얇은 부조가 있다. 문을 열고 들어서는 정면과 좌우로 또다시 세 개의 문이 있다. 정면의 문을 열면 이층으로 오르는 계단이 나타나고 좌우편 문을 열면 거실과, 식당으로 가는 복도가 나타난다. 꾸밈새는 문과 낭하를 될수록 많이 써서 폐쇄적인 안정성을 가지게 한다. 다시 밖으로 나와서 북쪽과 서쪽에 백엽과 벚나무를 드문드문 심은 넓은 뜰이 있다. 전체로 이 집은 풍부한 다양성과 그것을 부드럽게 묶고 있는 양식의 통일성이 육중한 양감에 싸여 있는 것이다.

민에게 있어서 자아의 완성이란 몸과 마음이 다 같이 살 수 있는 단 하나의 구원이었다. 이런 자기의 문제를 일반성에까지 높인 작품을 만들어보려는 것이 오랜 꿈이었으나 문제가 미묘한 것과 무용의 레퍼토리로 씌어진다는 조건이 곱배기 어려움을 만들고 있었다.

민은 시계를 들여다보았다. 아홉 시 십 분. 미라는 지금 무얼 하고 있을까. 그렇게 생각하자 요 며칠 만나지 못한 그녀가 불현듯 보고 싶어졌다.

'아무리 붙잡고 앉아도 한 줄도 쓸 수 없는 바에야…'

그는 방에 쇠를 잠그고 거리로 나섰다.

캔버스에는, 두 사람의 인물이 얽혀서 허우적이는 발 아래 질펀한 진흙탕이 펼쳐진 모양이, 반쯤 색칠이 돼 있다.

그녀는 칠을 깎고 다시 바르고 하면서, 민에게는 말을 건네지 않았다. 걷어올린 팔뚝에 정맥이 푸르다.

'여자가 예술을 한다는 건 과연 행복한 일일까. 이런 생각은 물론 봉건이야 봉건…'

민은, 오랜 시간 그녀가 그리하는 모습을 보고 있으면서도 별로 지루한 줄을 몰랐다. 그녀를 만나러 와서 하릴없이 기다리면서 지루하게 느끼지 않는 것은, 다만 그녀는 소재로서 필요할 뿐 여기서도 민은 '나'를 생각하고 있는 때문이었다. 어떤 사람과 이야기할 때 정녕 흥미가 없어질 때가 있어서 눈만은 어울리면서도 전혀 딴 궁리를 하는 경우가 많았지만, 저쪽은 오히려 고즈넉이 듣거니 알고 있음을 퍼뜩 깨달으며, 적이 미안해지는 일 같은 것도 나쁜 버릇이었다.

민은 방을 둘러봤다. 지금 미라가 앉은 쪽은, 방을 반으로 잘라서 창에 가까운 쪽이고, 나머지 반 오른편 벽에 붙여서 침대가 놓였다. 그는 침대에 가 누우면서 눈을 감았다. 사각사각 그림을 다듬고 지우는 소리. 이따금 전차가 지나는 쇳소리가 거리 때문에 둔하게 닳아져 흘러온다. 그 틈틈이 자동차의 혼 소리. 저 소리는 화음이라…

그는 뒤숭숭한 생각을 시작한다.

화성학… 대위법… 소리의 평면적 공감, 소리의 입체적 배열… 그렇다, 그런데… 무어야 이건?… 무슨 생각을… 하자는 건가… ?… 하자는…

민이 눈을 떴을 때 그녀는 여전히 캔버스 앞에 앉아 있었다. 그동안 깜빡 잠이 들었던 모양이다. 어느새 비가 오기 시작했는지 뚝뚝 낙숫물 지는 소리가 들린다.

조용하다.

민은 메스꺼운 덩어리가 가슴 언저리에서 푸들푸들 움직이면서 그것을 그대로 쏟으면 어린애처럼 으앙 소리나는 울음으로 터질 것 같았다.

그는 벌떡 일어나, 그녀의 등 뒤로 다가서면서, 목에다 팔을 감고 그녀의 머리카락 속에 얼굴을 묻었다. 어찔한 냄새가 코에 스민다. 이게 미라의 냄새?… 이게… 미라? 그는 더욱 팔에 힘을 주었다. 미라는 조용히 몸을 비틀어 그를 향하여 돌아앉았다. 그 눈 속에 민은 자기 것과 똑같은 초조의 빛을 보았다. 왜?… 그림이 뜻대로 안 돼서?… 암

그렇지. 누가 뭐랬어? 내가 찾아온 동기가 불순한 바에야 나무랄 자격이 나한테 있어? 그의 팔의 힘이 더해진다. 아… 신음이 흘러나오는 입술이 푸르르 떨린다. 죽이진 않아, 너를 죽이면 돼?… 사랑해… 나는 바보야, 어떻게 사랑하면 되는지 몰라서…

민은 그녀의 목에서 팔을 풀고 그 자리에 꿇어앉았다.

"미라, 어떻게 하면 사랑할 수 있어? 우리 이대로 가면 안 돼."

"왜 그래요?"

"아무 말이라도 좋아. 아무렇게라도 대답을 해줘."

"아무렇게나?"

"아무렇게나. 누군 별말을 했어? 아무 말이나 한 놈이 통한 거야. 아무렇게나 한 놈이 기억된 거야. 제일 좋은 일을 하려다, 우리는 아무것도 못 하고 마는 게 아니야? 제일 아름다운 말을 하려다, 아무 말도 못 하고 마는 게 아니야?"

"그래도, 자기를 속이는 건 아무런 해결도 안 돼요."

"아니야. 속았느냐 안 속았느냐는 종이 한 장 사이야."

"그 한 장이 모두예요."

민은 벌떡 몸을 일으키며 옆에 놓인 칼을 집어들었다. 미라는 외마디 소리를 지르며 뒤로 물러섰다. 그러나 민이 움직인 건 반대편이었다. 그는 미완성의 그림 위에 나이프를 비껴 들고 미라를 바라보았다. 금세 그녀의 얼굴이 질리며 눈을 부릅떴다. 공포와 놀라움에 질린 얼굴.

"그 얼굴. 바로 그런 얼굴. 미라와 내가 짐승이 될 때 왜 그렇지 못해? 왜 나만 동물을 만들어?"

이번에는 그녀가 꿇어앉았다.

"제발 그 칼을 버려주어요. 그림을 다치지 말아요 제발…"

민은 캔버스에 나이프를 푹 꽂아서, 크게 ㄱ자로 꺾어 내리훑었다.

진흙탕에서 서로 얽혔던 그림 속의 남녀 중에서 여자가 힘없이 펄럭, 저쪽으로 넘어졌다.

퍼뜩 잠이 깼다.

우선 찡한 시장기가 온다. 옆에 앉았던 노인은 벌써 내린 모양이다. 민은 유리창에 대고 역 이름을 본다.

P역.

우동이라도 먹어야지.

그는 띄엄띄엄 자리잡은 손님들이 곤히 잠든 틈을 빠져서 플랫폼에 내려섰다. 내린 사람들은 벌써 저편 개찰구로 몰려서 빠져나가고 있었고, 그가 선 곳으로부터 네댓 개 떨어진 차량 앞에 있는 구내 가게 앞에 그와 같이 시장기를 풀려는 사람들이 옹기종기 모여서 그릇들을 입에 대고 있는 모양이 바라보인다. 워낙 작은 가게를 일여덟이 둘러서면 나머지는 뒤에서 기다려야 했고, 그래도 판매원은 바쁘게 돌아간다. 민은 저만큼 한 사람이 비워놓은 자리로 끼여들어, 판자에 팔꿈치를 올려놓다가 흘깃 옆에 선 사람을 보고는,

"아 이거…"

저편도 못지않게 반색을 하는 H선생을 보았다. 식사를 마치고, H선생의 짐을 거들어 민이 앉은 칸으로 옮기고 그들은 나란히 앉았다.

"같은 차였군요."

그들은 서로 이 차를 탄 내력을 짧게 주고받았다. 선생은 고향에 볼일이 좀 있어서 다녀오는 길이라 한다.

민은 먼젓번 미라와의 일이 있은 후 곧 지방에 있는 어느 친구가 오라는 대로 보름 동안 그의 시골 집에서 쉬다가 돌아오는 길이었다. 민은 내려와 보고 잘 왔다 했다. 고원 지방의 서늘한 공기는, 벌써 뜨거운 햇빛이 귀찮아지기 시작한 서울에서 내려온 그에겐, 다른 세계처럼 시원했다. 게다

가 아주 농촌도 아니고 그렇다고 도회는 더구나 아닌 이 고을에서, 시를 공부하고 있다든가 연극을 공부한다는 그룹들과 만나서 이야기도 하면서, 민 자신은 도회인다운 은근한 우월감을 보류한 채 긴박할 필요가 없는 관찰을 즐겨보는 것은, 바른 예의는 아니나마 뒤쫓기듯한 경쟁 속에서 빠져나온 신경에게는 약이 되는 것이 사실이다.

산중턱 풀이 우거진 벼랑에 기어올라, 풀냄새를 맡으며, 구름이 오락가락하는 양을 바라보고 누웠으면, 스르르 눈이 감기는 부드러운 졸림 속에서 문득 자기가 지금 이런 때 이런 자리에 누워 있다는 우연이, 마치 겨울날 신선한 과일의 선뜩한 닿음새처럼 새삼 느껴진다든지, 처음 한 주일쯤은 옳게 값있는 나날을 보냈으나, 두 주일째부터는 벌써 지루하기 시작했다. 막상 시달릴 대로 시달린 끝에 빠져나온 서울이었건만, 이렇게 내려와놓고 보니, 자기가 없는 서울에서 자기를 빼놓은 채 무슨 큰일이 그 동안 되어가고 있는지도 모른다는, 참으로 어이없는 생각이 성화같이 치미는 것이었다.

무슨 새 일이 일어났을 리 만무였다. 우선 미라만 하더라도, 자기가 찢어버린 그림을 그만큼까지는 아직 그리지 못했을 테고, 민이 내려오기 직전에 여름 공연이 끝난 단에서도 별일이 있었을 리 없고, 그렇다고 서울에 혁명이 일어나지 않은 것은, 신문을 보면 확실한 일이었다. 아무리 따져 보아도 민이 그때 그 자리에 있지 못한 것을 평생 한으로 삼을 만한 일이 그 동안 서울에서 일어날 확률은 영에 가까운 것인데 민이 돌아가고 싶다는 생각은 누그러지지 않았다. 이것을 가리켜 귀심여시(歸心如矢)라 했던가. 이 한자 숙어의 평범한 겉모양 밑에 압축된 강력한 감각을 처음 알아보는 듯한 심정이었다. 그렇다면, 출장을 내려온 것도 아니요, 보따리를 싸고 일어섰으면 그만이었겠으나, 이것도 야릇한 말이지만, 민은 버티었던 것이다. 하야한 현자가, 수삼차에 걸친 조정의 귀경 독촉에 좀체로 차일피일 하면서 응하지 않았던 고전적 드라마를 혼자서 세 사람 노릇하는 역의 심리극으로 되풀이해보는 어이없는 꼬락서니였다.

그는 일부러 속 편한 듯한 투의 편지를 강선생에게 보냈으나, 꿩 구워먹은 소식이었다. 제법 정다운 말로 전번의 추태를 사과하고 제작의 진전 상태를 묻는 편지를 낸 미라에게서도, 가타부타 말이 없었다. 그들에게 써보낸 편지 내용이 문제였던 것이 아니다. 강선생에게 띄운 편지에다 그는, 자기 작품의 새로운 구상을 익히고 있다는 것, 돌아오는 가을 공연에 늦지 않게, 될수록 빨리 끝내야 하겠다는 것, 정임이는 예정대로 귀국하는 것이 틀림없냐는 등 써보냈지만, 모두 속에 없는 말이었다. 인제 그만하고 빨리 오너라, 이곳에 자네가 없는 탓으로 밀린 일이 많으니까, 하는 말을 듣고 싶은 속셈에서였을 뿐이다.

이런 혼잣속 싱갱이 끝에, 더 참을 수 없어서 올라오는 길이었다. 잠도 오지 않고 모처럼 긴 여행에서 만난 자리를 잠으로 때우고 싶지 않은 그들은, 이 이야기 저 이야기 심심하지 않았다.

"H선생 같은 분에게 이런 말을 하는 건 건방진 이야기 같지만, 사람과 사람의 사이라는 것, 특히 이성간의 문제란 참 어렵습니다."

"글쎄요, 쉽게 생각하면 되지 않을까요?"

"그렇게 말해버리면 그만이지만, 그게 그렇게 쉽지 않은 것 같아서…"

"그야 물론 그렇지요, 성격에도 관계되구…"

"아니 제 얘기는 성격상으로 어떻다는 말이 아니라, 원래 문제 자체가 쉽지 않다는 것입니다."

"그럴까요? 저는 오히려 보다 많이 성격의 문제라고 생각하는데… 성격이란 참 편리한 말이에요. 성격이 다른 곳에 공통의 원리란 있을 수 없잖아요? 성격이 곧 원리란 것이지요. 이를테면, 별로 따지지 않고 살아가는 경우에도 그것이 반드시 무자각하다느니 적당주의니 하고 탓할 것만은 아니라고 생각해요. 제가 보아오는 많은 예로, 군말이 많은 편보다는 말없이 애정을 쌓아나가는 편이 실속은 더 있는 게 아닌가 합니다."

"비극을 성격 비극으로 번역하는 근대적 사고이신데, 성격이란 개념을 믿지 못하겠어요. 성격이란 마치 요즘 사람의 전매 특허구 옛날 사람에겐 성격이 없었던 것처럼 일쑤 말하는데, 사회적인 신분 관계로 겉에서 분방하게 주장될 수 있었느냐 없었느냐가 문제지, 예나 지금이나 사람의 문제는 극한에까지 밀고 가면 결국 마찬가지가 아닙니까? 예수보다 철저한 이상주의자가 누구며 공자보다 엄격한 리얼리스트가 누굽니까. 문제를 바로 보면 늘 물음은 같은 것이 아닐까요? 스커트가 무르팍을 덮느냐 안 덮느냐, 허리를 파느냐 밋밋하니 뽑느냐 하는 것은, 문제가 아니잖아요? 홍수처럼 설득하려 드는 저널리즘의 베스트 셀러식 사상에 장단을 맞추느라고 시대 사상의 스타일 북을 좇아다니는 사이에, 허심탄회하게 본론을 생각하며 보냈어야 할 시간을 허비하고 싶지 않아요. 다만 껍질이 다를 뿐 원형은 같다, 이 말이에요. 그렇지 않고서야 전통이니 유산이니 하는 말의 뜻이 없는 것이 아닙니까?"

"굉장히 어려워져서 잘 모르겠지만, 어디 그런 추상론보다 자신의 케이스를 말해보세요. 그쪽이 이 얘기를 진행하기가 쉬우니까."

"자신의 문제란 건…"

"연애는 비밀로 아름답다는 순정파이신가?"

민은 웃고 나서,

"글쎄요, 어쩌면 고전파인지 모르죠. 때에 뒤지지는 말아야겠지만 해묵은 것도 간직하자는 것이 소원이니까, 작품도 역시."

"결국 최고를 노리는 것이군요. 교양도 있구, 얼굴도 이쁘구, 성격 또한 좋아야 한다?"

"이해하시는 품이 퍽 구체적이시군요. 글쎄 그렇게 풀어 놓고 보면 해묵은 이야기가 되고 마는군요."

"해묵구 아니구는 문제가 아니라고 방금 말씀하시구서… 해묵었단 말이나 영원이란 말이나, 마찬가지 아니예요?"

"이거 어떻게 이야기가 자꾸 격이 떨어집니다."

"미안해요. 같은 문제도 다루는 사람 따라 오르기도 하고 내리기도 하게 마련이니까. 우리같이 다된 사람보고, 젊은 양반이 의논할 게 무어 있어요? 혼자서 찾아보는 겁니다.

이렇구 저렇구 이렇습니다, 하고 손금 가리키듯 못 하는 게 인생일진대, 만져보고 아픈 줄을 아는 길밖엔 없겠지요. 아무튼 근래에 보기 드문 청년이야."

"역시 통하는군요. 솜털이 보송보송한 병아리들 댈 것이 아니란 말입니다."

"또 패전지장을 놀리는 게 아닙니다."

그 말 끝에 어딘가 쓸쓸한 것이 있어서 민은 거기서 말을 끊었다. 그는 앞을 물끄러미 바라보고 앉은 H선생의 얼굴에서 몹시 고달픈 빛을 볼 수 있다고 생각했다. 평소 여자치고 소탈한 그녀의 거조도, 겪고 지친 지난날이 가져오는 허세였던가 싶어지며, 비감한 기분이 들었다. 시골에 무슨 일로 다녀오는지. 남에게 동정을 일으킨다면 약자인 징조다. 사랑은 동정이 아니다. 사랑은 싸움이어야 한다. 아무런 핸디캡도 없는 잔인한 싸움에서만 흔들리지 않는 사랑의 질서가 설 텐데. 두루뭉실이나 눈가림은 파멸을 늦추고 급기야 파멸이 올 때 그것이 더욱 보기 싫게 하는 것뿐이다.

미라, 그녀는 분명한 호적수였다. 핸디캡을 수락하기를 마다하는 긍지 높고 칼칼한 검객이라 할까, 지지 않겠다고 바득바득 기를 쓰며 달려드는 그녀에게서 느끼는 그의 불만은, 남자는 피고 여자는 죽어달라는 오랜 타성의 게으른

투정이 아니고 무엇인가. 그녀에게 백치를 요구할 것이 아니라, 싸워서 이겨야 한다. 그녀에게도 칼을 주고 당당히 겨루어오게.

H선생은 어느덧 잠들어 있었다. 이마에 걸린 머리카락과 눈시울에서 흘러나온 감출 수 없는 주름을 바라보다가 민은 자신을 힐난하면서 눈길을 돌렸다.

서울역에서 H선생과 갈라져, 민은 차를 몰아 어둑어둑한 이른 새벽의 거리를 미라의 하숙으로 달렸다. 민이 놀란 일로는 그녀는 벌써 일어나서 화가에 마주앉아 있다가, 오래간만인 그의 때아닌 방문에도 돌아보려 하지도 않았다.

그녀의 어깨 언저리는 스웨터를 걸쳤던 지난 봄보다 더욱 야위어 보였다.

전번 일에 미안했던 것이며, 여행의 뒤 끝에 어리는 아무나 그리운 마음을 안고, 이른 새벽 고단하면서도 부푼 가슴으로 달려온 민에게는, 미라의 그런 쌀쌀한 모습은, 응석을 섞어 내민 입술을 손바닥으로 되밀린 부끄러움을 주는 것이었다. 민은 말없이 침대에 가 누웠다.

'아직도 우리는 사랑하는 것일까……' 불에 얹힌 송진마냥 지글지글 번지는 생각을 발로 짓이기며, 엎치락뒤치락 보람도 없는 풋잠을 얼마나 잔 때였는지, 흠칫 민은 이상한 느낌에 몸을 오그라뜨렸다. 등 뒤에서 보고 있는 남의 눈길을 느끼고 휙 돌아보면 틀림없을 때의 감각이었다. 민은 정신을 가다듬으며, 기척 없이 약간 고개를 들어 발치를 내려다보았다. 미라가 이쪽으로 등을 보이고 민의 발쪽을 향하여 쭈그리고 앉았다. 그녀의 손 언저리를 눈으로 더듬어가다가 민은 숨이 막혔다. 미라의 스케치북에 그려져가고 있는 민 자신의 마른 나뭇가지처럼 초라한 맨발.

다음 순간, 그는 욱하니 자리에서 일어나며 그녀의 손에서 그림을 빼앗아 갈기갈기 찢고 있었다.

그길로 단에 나온 민에게 강선생은 손바닥을 내밀었다. 달라는 거다.

"조금만 더… 약간씩만 손을 대면 인제 되겠습니다."

"아니야. 그 각본이 완전해야 할 필요는 없어, 해나가느라면 자연 고치기도 하고 할 테니까."

"일주일만. 어김없이…"

강선생은 고개를 갸우뚱하다가,

"좋아… 허지만 무어 그렇게까지 할 필요는 없을 것 같은데."

사정을 모르는 강선생은 민이 까다롭게 군다고 생각하는 모양이었다. 집으로 오면서 민은 한 주일이라고 한 약속을 뉘우쳤다. 강선생은 민의 등에 대고, 프리마 발레리나가 드디어 이십오일에 온다는 연락이 왔으니까 알아서 해 한 것이다. 그는 또다시 어지러운 도시의 소음 속에서 일에 쓰일 기한부 아이디어의 주문에 쫓기는 자기를 깨닫는다.

민은 버스를 기다리다가 마침 닿은 전차에 올랐다. 웬일인지 닿아야 할 버스가 꽤 기다렸는데도 오지 않은 탓이었다. 사람들이 다 앉고도 드문드문 자리가 비어 있다. 전차가 떠날 때 창으로 내다보니 버스가 막 닿는 것이 보인다. 쳇.

민은 언젠가 늦은 전차를 탔다가 만났던 여자 생각이 났다. 그 얼굴 위로 미라의 얼굴이 겹친다. 가만있자. 그때도 미라와 다투고 난 날 밤이었다. 미라와 싸우는 날마다 공교롭게 전차를 타게 되는 우연이 까닭 없이 불길하게 여겨졌다. 쓸데없는 생각, 그는 속으로 침을 세 번 뱉었다. 불길한 징조가 있을 때마다 사람이란 다 저마다 과학을 가지고 있는 법이다.

아침에 길을 나설 때 고양이가 가로질러 간다든지, 까마귀가 머리 위에서 울든지 하면 불길한 걸로 되어 있다. 그런 것들은 보이지 않는 요술 옷을 입고 악의를 비수처럼 품고 사람의 뒤를 밟아 다니는 악마의 그림자. 아마 그 요술의 옷에 단추가 하나 끌러지든지 소매에 실밥이 터지든지 하면, 그런 새로 비죽이 비치는 마물(魔物)의 살갗의 한 군데가 그렇게 나타나는 것이다.

마술이야기는 참 좋다. 그리스 신화에 나오는 마물들은 조금도 무섭지 않다. 마물이 풍기는 어둠이 없다. 유럽의 전설에 등장하는 마물들은 그렇지 않다. 그들은 어둡다. 러시아의 밤하늘을 나는, 스웨덴의 수풀의 밤 속을 걸어다니는 마물들은 그 하늘보다 음울하고 그 밤보다 진하다. 동양에서도 마찬가지다. 인도의 마귀는 사람을 놀라게는 해도 으스스하게 만들지는 않는다. 중국 괴담이 풍기는 저 썩은 시체의 냄새 같은 물컥한 오한. 그 속에는 분명히 세계의 뿌리에 엉킨 악의의 냄새가 난다. 어쩌면 이 세계의 뿌리에는 원통하게 죽은 여자의 뼈가 묻혀 있는지도 모른다. 그 독즙이 줄기와 가지를 좀먹어올 때 나무는 넘어지고 잎사귀는 시드는 것이다.

시인은 황금의 계절을 노래하고 물론 태양을 고려해야 한다. 나무는 태양을 향하여 애원의 손을 뻗친다. 나뭇가지들은 모두 남향하지 않는가. 이런 발상법은 시인에게서는 용서될 수 있는 일이다. 이 세계는 저주를 받은 공주와 같다. 씩씩한 기사인 태양에게 악마를 물리치고 자기를 살려주기를 비는 나무의 몸짓, 그렇다. 이편이 훨씬 합리적이다. 인간을 죄인이라 하고 처참한 심판의 학살 다음에 신을 위하여 지하 운동한 혁명가들만 거둔다는 헤브라이의 비뚤어진 세계관보다, 유럽 동화가 거듭거듭 채택하는 모티프— 아름답고 선량한 공주가 나쁜 악마의 저주로 불행해진 다음, 씩씩한 기사의 힘으로 구원된다는 사상이 더 깊다. 더 합리적이다. 이것이 어쩌면 모든 예술의 원형이다. 모든 예술은 이 원형에다 때와 곳과 소재라는, 다를 수밖에 없는 옷을 입힌 변주곡이 아닌가. 인간이 악이면서 선이란 건 아무리 해도 우습다. 인간이 악하기 때문에 신은 더욱 사랑한다는 건 아무래도 수상하다. 인간은 원래 가련한 공주처럼 아름답고 착하다. 흉악한 마귀 할미가 그녀를 저주하여 불행하게 만든다. 착한 기사가 씩씩하게 구원한다.

이거야 이거. 이편이 훨씬 씨가 먹혔다. 가만있자, 그러면 공주는 결국 악과 선 사이에서 자기는 아무 참여 없이 운명에 주물리는 무엇이 되고 말지 않는가. 자유 의지며 주체성이 없지 않은가. 역시 헤브라이의 인격주의가 더 깊다. 불쌍한 공주와 기사 얘기는 중세의 페미니즘과 북방 민족의 유치한 괴기 취미와의 결합 이외의 아무것도 아니다.

정말? 정말 그런가? 그렇지 않을걸. 바이블의 알맹이가 인간을 신의 종이라고 보는 데 있다면 인간의 주체성이란 무슨 말인가. 이놈아 주체성이란 회개의 주체성 말이다. 오라 자수의 자유 말이지. 노예의 권리 말이지? 신은 입법하고 인간은, 범죄, 준수, 혹은 자수한다는 자유 의지 말이지? 그렇다면 악신과 선신 사이에서 몸부림치는 공주가 가진 슬픔의 자유와 오십보 백보 아닌가? 일그러진 입술과 풀린 눈으로 표상되는 범죄인의 얼굴보다, 등에 굽이치는 금발과 슬픔에 잠긴 고귀한 눈과 구원을 비는 대리석 같은 손목이 더 좋지 않아. 제라서 구질구질한 매저키즘의 초상화를 택할 게 뭐람. 같은 값에 다홍치마. 인생이란 엄숙한 거야. 메르헨의 센티멘털리즘이 아니다, 라고? 에끼 수작마라. 악마가 금방 기름가마를 펄펄 끓이며, 애 공주야 너손 좀 내봐, 어디 얼마나 살이 올랐나 하는 판에 고기 뼈다귀를 내보이는 공주의 상황은 엄숙하지 않단 말이야? 저 국민학교 일학년생 똘똘이에게 물어보아라.

막달라 마리아가 더 불쌍하냐 백설공주가 더 불쌍하냐구. 손오공 얘기를 봐. 그 책을 읽을 때마다 왜 그렇게 흐뭇한가. 현장법사가 공주이기 때문이다. 동양 사람은 페미니스트가 아니었기 때문에 공주 대신에 덕 높은 중으로 대신한 것뿐이다. 미남 기사 대신에 원숭이 난봉꾼일 뿐. 어쩌면 털털한 맛이 이편이 낫다. 손오공처럼 유머러스한 녀석을 어느 문학이 지어냈나. 톰 소여? 톰 소여는 어림도 없다. 톰 소여는 손오공 밑에서 분대장 노릇도 못 한다. 고상(!)하게 말하면 신들메도 못 푼다.

『서유기』는 기막힌 책이다. 아무리 낮게 매겨도 바이블의 네 배하고 반은 나간다. 복숭아를 따먹고 천제와의 옥신각신 끝에 벌받는 것은, 에덴 동산의 훔쳐먹기 이야기가 아니고 무엇이며, 서역으로 가는 도중의 모험은, 다시 예호바에게 돌아가기 위한 구약의 의인들의 이야기가 아니고 무엇일까. 부처님 손가락에 글씨가 써 있던 이야기는, 저 벽 앞에 나타난 손이 쓴 글씨가 아니고 무엇이며, 드디어 뜻을 이루고 극락왕생함은, 구주에 의한 보속이 아니고 무엇인가.

괴테의 『파우스트』가 와서 발바닥을 좀 핥게 해달라고 한 대도 『서유기』는 마다할 게다. 세계관에는 분명 두 가지 본이 있다. 헤브라이즘과 헬레니즘이 아니다. 헤브라이즘과 페어리 테일리즘(fairy taleism)이다.

헬레니즘엔 어둠이 없다. 너무 밝다. 악마들도 너무 뻔하다. 페어리 테일의 악마들은 무섭다. 어둡다. 요기가 있다. 느닷없는 사건 전개와, 전혀 우연의 연쇄인 등장인물들의 행동은 무설명이 주는 심미감으로 가득 차 있다. 악이라 하고 요기라 할 때, 같은 내용을 하나는 윤리의 안경으로 보고 하나는 미학의 손으로 만진 것이다. 윤리는 예술일 수 없다. 그대로는. 그렇다면 내 작품도 한번 이런 쪽으로 잡아보면 어떨까. 무용 레퍼토리로 고전이 될 수 있는 그런. 남들은 전깃줄과 기계를 무대 장치로 쓰는 세상에 옛날 얘기를 하다니 하는 걱정은 말 것. 다들 모더니즘을 할 때 옛날 옛적에— 하는 편이 뼈 있는 노릇이 아닌가. 모더니스트들이 이 사람 무슨 소리야 내가 언제 모더니스트였단 말인가, 하고 비슬비슬 책임 회피를 하게 되는 날부터 모더니즘을 시작하는 게 정말 멋이다. 그렇지. 어쩌면 농담이 아니라 그 작품을 이런 방향으로 뽑아본다?…

"종점입니다."

민은 그 소리에 생각에서 퍼뜩 깨어났다. 그는 얼결에 고개를 기웃하여 창밖으로 눈길을 주며 닿은 데를 가늠해보는 몸짓을 하면서, 사람들 틈에 끼여 전차를 내렸다. 그는 길에 내려서면서 팔뚝시계를 들여다보았다. 아홉 시. 그런 다음 발길을 떼어놓으려고 고개를 들자, 그는 우뚝 서버렸다.

?…?…?

여기가 어딘가? 방향을 모르겠다. 사방을 휘둘러보았다. 눈익은 집이 하나도 없다. 무심히 내렸지만 그가 내려야 할

곳은 지나쳐온 것이 분명했다. 그러고 보면 아까 버스를 기다리다 전차를 잡아 탈 때 그는 방향만 보고 올랐을 뿐이었다. 말할 수 없는 공포가 그를 사로잡았다.

어떡하나… 어떡헌담… 그는 태연하게 걸음을 옮기기 시작했다. 지금 걸어가고 있는 쪽이 북인지 남인지도 모르겠다. 거리를 지나는 사람들이 자기를 유심히 쳐다보는 듯 싶어 얼굴이 화끈 거린다. 불이 환히 켜지고 문이 열린 점포들의 깊숙한 속이, 껄껄 웃어대는 어느 커다란 목구멍 같다. 길이며 사람들이며 늘어선 건물들이 금세 자기를 손가락질하며 왈칵 웃음을 터뜨릴 것 같은 무서운 부끄럼이 덮친다. 여기가 어디쯤 될까. 가만있자… 무얼 무어가 어쨌단 말이야. 여기가 어디쯤… 전차길이 바뀐 건가. 새로 놓은 건가. 민은 태연하게 걸으려고 애쓰면 애쓸수록 발길이 뒤뚱거려지고 거북한 몰골이 자주 드러나는 것 같았다.

머리는 더 헛갈려온다. 누구한테 물어본다…? 절박한 마음의 또 한편에는, 전혀 어긋나는 게으름이 머리를 쳐든다. 사형수가 막상 단두대에 오를 때 느낌은 이런 것이 아닐까. 노곤하다. 그렇다. 자꾸 걸어가노라면 눈익은 곳이 나지겠지. 그는 마치 바쁜 볼일을 가진 사람처럼 발을 잽싸게 놀리며 좌우편에는 한눈도 팔지 않고 걸었다.

갈수록 곳은 낯설어만 온다. 민은 그 자리에 쭈그려앉거나 길 옆 가로수에 머리를 기대고 소리를 터뜨려 울고 싶었다. 눈앞에 아물아물 모습이 나타난다.

앙상한 맨발.

그 발이 무엇인가를 자꾸 걷어차고 있다. 미라의 어깨다. 그녀의 까칠한 어깨는 채이면서도 비웃듯 이죽대고 있다. 발길은 자꾸 헛나간다. 어깨는 오히려 들이대듯 비죽거린다. 하얀 발바닥이 퍼뜩퍼뜩 뒤집히며 허공을 찬다. 어디선지 소리가 들린다. 어린애들 노랫가락 같은 자꾸 되풀이 하는 후렴 같은 약오르으지이 약오르으지이 약오르으지이 약오르으지이.

가만히 귀를 기울이면 그렇게 들린다. 한 사람의 목소리 같기도 하고 그런가 하면, 여러 사람의 목소리 같기도 하다. 미라의 목소린가 하면 민의 목소리 비슷하고, 또는 아무의 목소리 같지도 않다. 약오르으지이 약오르으지이 장단에 맞추어 이죽대는 어깨, 헛차는 발길, 민은 누군가와 쾅 부딪쳤다. 그는 바쁜 사람이 하듯 두서너 번 꾸벅거려 보이고 더 빨리 걸어간다. 원 아가씨도 제가 불한당인 줄 아십니까. 뭐 그렇게 돌아서서 노려보실 것까지야. 자 그만 갈 길을 가시오. 바이바이. 왜 자꾸 우스워진다. 그렇지 불

행을 이런 식으로 웃어줘야지. 여기서 지면 안 된다. 가만
있어. 까불 게 아니라 너도 이렇게 까불 줄 알아?

이제 마음이 좀 가라앉은 모양이구나.

저기 또 아가씨가 온다. 옳지 저분에게 길을 물어야지.

"실례합니다. 여기가 어딥니까?"

아니 저런. 거들떠보지도 않고 휙 지나가시다니. 원 난 이
래봬도 애인이 있다구. 누가 뭐랬나. 사람 웃기지 마라. 가
만있어. 가만있어. 이놈아 점점 네놈이 실없어지는구나. 재
즈 악단의 트럼펫 부는 녀석처럼 신명이 나서 까부는구나.
좋다 좋아 모르면 대수냐. 여기는 서울이겠지 기껏해야.

그는 하늘을 쳐다보았다. 노리끼한 달이 빌딩 어깨에 걸
렸다. 그럼. 그리고 지구에 있는 것은 틀림없고. 그렇다. 얼
마나 좋은 밤인가. 산책을 위하여 이보다 더 좋은 밤은 없
다. 치우친 산속이나 벌판에서 풀줄기를 훑으며 걷는다는
건 옛날 멋이다. 전차와 네온과 상점과 시끄러울 대로 시끄
러운 도시의 한복판에서, 길을 잃은 사막의 나그네처럼 걸
어간다는 게 새로운 멋이 되어야지. 이게 사막이지 따로 있
어? 한국이 좁아서 큰 기운을 기르지 못하겠다는 게 무슨
소리야. 보라 이렇게 허허벌판이 끝없이 나가고 있지 않아?

저 신기루의 집들을 보라. 대도시의 생활에서 전차의 패

를 똑똑히 보지 못했다는 이 간단한 실수로 순간에 연관(聯關)의 테두리 밖으로 밀려나올 때 이 도시가 사막과 어디가 다를 게 있느냐 말이외다. 사막. 참 좋은 말이구나. 자 나는 사막에 와 있다. 사막의 길을 걸어가자. 이 집들이 모두 신기루란 말이지. 이 사람들이 모두 걸어다니는 식물들이군. 자 사막의 순례다. 오라 저기 저 큼직한 선인장 곁으로 가보자. 선인장 속에 불이 켜졌구나. 담배. 껌. 초콜릿이 놓였구나. 그리고 사람 모양을 한 식물이 그 뒤에 앉아 있고. 그걸 하나 줘. 그 담배 비슷한 것 말이야. 아마 여기는 이 사막에 마련해 놓은 선물 가게인 모양이군. 고 인형 참 잘 만들었다. 꼭 사람 같아. 게다가 말까지 하고, 거스름돈을 바꾸고 살짝 웃기까지 하네. 이런 인형을 만들기에는 얼마나 희한한 기술과 감이 들었을까. 웃음 웃는 것도 백 환짜리 손님과 이백 환짜리 손님과는 매듭을 짓도록 만들었을테니 말이오.

사막이란 이렇게 풍부한 곳이던가. 사막의 풍경은 이렇게도 사람 사는 도시와 닮았구나. 지리학 교과서는 모두 거짓말이었군. 그 어여쁘고 상냥하던 국민학교 때 담임 선생이 거짓말을 했다니, 아니 그녀도 사막에는 와보지 못하고 책에서 읽었을 뿐이겠지. 보지도 못한 걸 너무 알고 있다는 게 나쁜 거야. 자기 것도 아닌 그 보배들이, 알고 보면 보배가 아니고 한번만 실수하면 와르르 무너지는 모래 위에 지은 집. 사막에는 집을 짓느니 낙타의 두 개의 혹 사이 움푹 패인 홈이 더 믿음직하다. 내가 몸담을 낙타의 혹은 어디 있는가.

인제 그만.

민은 저 혼자 정색을 하며 머리를 뚝 떨어뜨렸다. 그는 걸음을 훨씬 늦추고 천천히 걸어갔다.

이윽고 눈익은 로터리가 나타났다.

붉은 신호등. 잠시 후 푸른 빛. 둥글고 불룩한 모양이 꼭 낙타의 혹. 그 혹이 '가라' 한다. 그는 크게 발을 떼어놓았다…

어느새 The Psychic Society의 앞문을 열었다. 코밑수염. 민은 두 손바닥을 겹쳐 머리에 대는 시늉을 했다. 지쳤다. 쓰러져 자고 싶다. 주검 옆에서라도.

"네 네 그럼 저리로…"

코밑수염도 군말 없이 알아차리고, 그 알약을 준 다음 시술(施術)로 들어갔다. 오 분도 지나지 않아 민은 벌써 꿈속에 있었다. 코밑수염은 일어서서 민의 머리 쪽 벽에 달린 단추를 눌렀다.

그러자,

"침상 머리맡에 놓인 키 높이 황금 촉대에서 흐르는 불빛이, 흑단 침대에 부딪혀서는 창을 가린 벵갈 모시의 우아한 무늬 속으로 안개마냥 스며든다. 나는 내 팔을 베고 누운 궁녀 아라녀를 물끄러미 내려다 보았다."

전번에 민이 말한 이야기가 녹음기를 통하여 흘러나왔다. 민은 조용히 듣고 있다. 몸은 조금도 움직이지 않는다.

녹음이 다했다.

코밑수염이 입을 연다.

"왕자 다문고."

"네."

"전번엔 여기까지 말씀해주셨지요? 자 그다음을 말씀해 주십시오."

"네 알았습니다."

코밑수염은 조심스럽게 일어나서 옆방으로 들어왔다. 전번과 똑같이, 세 사람이 확성기를 둘러앉아 담배를 피우고 있었다. 코밑수염은 대머리의 귀에 대고 무엇인가 속삭였다. 대머리는 고개를 끄덕끄덕하였다. 민의 독백이 이윽고 시작되었다.

어느 날 밤, 자리를 같이한 아라녀로부터 나는 어떤 마술사의 이야기를 들었다. 그녀는 자기가 병들었을 때 그 마술사의 기도로 나은 적이 있다는 것이며, 떠도는 소문으로는 죽은 사람을 살리기까지 했다는 것이다. 그러면서 나더러도 한번 치료를 받으면 그 무엇인지 자기는 알 수 없으나, 왕자의 병도 나을 것이라고 덧붙였다.

그때는 무심히 지나쳤으나 문득 어떤 생각이 들어서 부다가라는 이름의 그 마술사를 불러들여, 내 방에서 단둘이 만났다. 나는 내 소원을 그에게 말해주고 어떤 비법이 있느냐고 물어보았다. 내가 그를 만나보았을 무렵에는 나는 벌써 예전의 내가 아니었던 모양이다. 사람이란 몹시 진지해야 할 순간에 느닷없이 우스운 일이 생각나서 픽 웃음을 흘린다든가, 하는 일이 있지만, 그런 때는 흔히 그 사람이 몹시 허해 빠진 경우가 많다. 마술이 큰 힘을 가진 것을 모르는 바는 아니었으나, 이전의 나였다면, 마음의 밀실에서 아무도 모르는 은밀한 조작과 실험을 통해서만 가능한 그런 주체적인 문제를, 이런 방향으로 풀어볼 생각은 감히 안 했을 것이다. 나는 내 일을 성급하게 말해 주고는,

"들으니, 그대는 누리의 움직임에 통하였다 하는데, 무슨 좋은 비법이 있느냐. 만일 없다면 너는 거짓을 퍼뜨리고 다

니는 놈. 응분의 벌을 짐작하라."

나의 눈에는 핏발이 서 있었으리라. 마술사는 흘깃 눈을 들었다가, 다시 눈을 아래로 깔았다.

"아뢰옵기 두렵사오나, 왕자께서 바라시는 것은, 가장 높은 것과 가장 낮은 것이 합하여 하나가 된, 바라문의 얼굴을 가지고자, 지금 쓰고 계신 탈을 벗으실 길은 없는가 하는 물음이시옵니까?"

"그렇다. 바로 그것이다."

마술사는 다시 말을 끊고 한참 침묵하였다.

"왜 대답이 없는가?"

재촉하는 나의 목소리에 비웃음에 가까운 울림이 있었다.

"네 있사옵니다."

나는 그의 입을 지켜볼 뿐이다. 눈으로는 여전히 비웃으면서.

"있사옵니다. 그러나 왕자께서 여태껏 하신 방법과는 전혀 다른 방법이옵니다."

이 말에는 나도 움직였다.

"내 방법과 다르다?"

"그렇습니다. 왕자께서는 전혀 상극이 되는 두 가지를 안에서 맺으심으로써 탈을 벗으시고자 하였으나, 저의 방법은 그 두 가지를 밖에서 묶는 것이옵니다.

"무슨 뜻인가…?"

"지금 왕자께서는 가장 높으신 것은 가졌으되 가장 낮은 것을 갖지 못하였습니다."

"오 그렇다. 그 가장 낮은 것이 문제다."

"그것은, 배움을 가진 사람에게는 마침내 가질 수 없는 물건입니다. 그것은 다만 일생을 배움을 모르고 지낸 자, 혹은 전혀 배움과는 떨어진 자리에 있는 여인에게만 있는 것입니다."

"옳다… 말하라."

"그러므로, 다문고 왕자께옵서 갖지 못한 그 한 가지를 왕자의 얼굴에 보태시면, 소원이 이루어질 것이 아닙니까. 얼굴을 벗는 것과 전혀 거꾸로 가는 길입니다."

"그 길을 묻고 있는 것이어늘!"

"네 그것은…"

"무엇인가. 빨리 말하라!"

"네 그것은, 그러한 가장 낮은 것을 지닌 사람의 얼굴 가죽을 벗겨서, 왕자의 얼굴에 붙이는 것입니다."

나는 뚫어질 듯이 마술사를 노려보다가, 어느덧 눈길은 어느 곳 아닌 한 곳을 헤매고 있었다.

"그럴 수 있는가?"

"있사옵니다. 이는 오랜 비법이오며, 그 옛날 마하나니왕이 그 죽은 왕비의 얼굴을 자기 시녀의 얼굴에 씌워서 오래 기쁨을 누린 것은, 알려진 이야기옵니다. 다만 한 가지, 왕자께서 가지신 높은 것과 벗긴 얼굴의 주인이 가진 낮은 것이 서로 빈틈없이 그 높음과 낮음의 도가 똑같은 경우에만 비법이 힘을 쓰게 돼, 벗겨진 얼굴이 왕자의 얼굴에 붙게 되는 것입니다."

이때 나는 자기가 찾던 것이 분명히 손아귀에 잡혀지는 것을 느꼈다.

높은 코, 둥그런 눈썹, 꽃 잎사귀처럼 도톰하고 바른 입술, 부드러운 턱의 선을 가진 그 낯가죽은, 손에 받친 초의 힘으로 싱싱하게 살아 있는 듯하였다. 쟁반에 담긴 이 벗겨진 사람의 탈을 나는 숨을 죽이고 들여다보았다. 마술사 부다가는 덤덤하였다. 그의 마음속은 알 수 없다. 이 처음 실험에 바쳐진 낯가죽을 벗겨낸 솜씨는 놀라웠다. 얼굴 살갗의 어느 한 부분도 다친 데가 없었다. 향료와 방부제로 처리한 이 낯가죽은 그 살갗의 본래 빛깔을 간직한 채 오랫동안 저장할 수 있는 것이라고 그는 말하였다. 눈은 감았으나 그 뒤로 둥그스럼하게 받친 초의 부피로 갈 데 없이 잠든 얼굴의 봉곳한 눈 모습이었다.

"자 시작합시다."

그 소리에 나는 소스라치며, 부다가를 쳐다보았다. 내 눈은 두려운 무엇 앞에 떠는 노예의 빛이 있었으리라.

"어떻게…?"

"이 가죽을 얼굴에 쓰시고 침상에 누워 계시면, 다음은 제가 하라는 대로만 하십시오."

"오호, 이것을 얼굴에 써야만 하는가?"

부다가는 말없이 머리를 조아렸다. 그는 방 한쪽에 놓인 침상으로 다가가서 자리를 고치고, 몸을 돌이켜 나를 재촉하는 눈짓을 보냈다. 나는 그대로 한참이나 박힌 듯이 앉았다가, 벌떡 일어나서 침상으로 달려가자, 넘어지듯 몸을 뉘었다. 부다가는 여전히 표정이 없는 얼굴인 채, 쟁반의 얼굴을 틀에서 벗기면서 나에게 작은 알약을 주었다. 나는 말없이 그것을 받아 먹었다. 그런 다음에 부다가는 벗겨든 가죽을 나의 얼굴에 덮어씌웠다. 이를 악문 나의 얼굴이 푹 가려지고, 살아 있는 듯한 데드 마스크의 인물이 되었다. 한참 후에 나는 흐릿한 의식 속에 중얼거리듯 뇌는 부다가의 말을 듣고 있었다.

'왕자 모든 것을 버리시오. 그대가 태어나기 이전의, 저 어슴푸레한 해질녘의 그들을 생각하십시오. 생각이 없었으므로 그대가 신과 하나였던 그때를 떠올리십시오. 독 묻은 화살처럼 마음에 꽂혀오는 생각을 버리고, 히말라야를 타고 감도는 흰구름 가에, 깊이 잠드십시오. 그곳이 그대의 고향입니다. 처음에 그대는 그 나라의 이름없는 물방울이 었습니다. 무엇을 탐내어 그대는 가도가도 끝이 없는 생각의 수풀 속을 헤매어 들어왔습니까. 이 아름다운 나라. 생각이 없는 투명한 큰 냇물. 번뇌의 조약돌들이 연기처럼 풀려서 없어지는 강 밑바닥에, 죽은 듯이 몸을 뉘십시오.'

나는 점점 가물거려오는 의식 속에서, 기쁨에 찬 가슴으로 이 넋두리를 듣고 있었다. 부다가의 소리는 이어진다.

'죽으십시오. 당신은 머나먼 찾음의 길에서 문득 아스라이 죽어가고 싶던 북받침을 기억하지 못합니까. 그것입니다. 비 오듯 하는 하늘의 보석들도 억겁의 세월을 앉아서 죽는 날을 기다리는 넋들입니다. 왜 히말라야의 눈빛과 인도양의 물빛이 그토록 그리웠겠습니까. 그들은 죽어가는 넋의 눈빛이기 때문입니다. 죽으십시오. 고요히 아름다이 죽으십시오…'

나는 죽음의 벼랑에서 기쁨과 아쉬움에 떨면서 서성거리

는 나를 깨닫는다.

'무엇을 망설이십니까. 당신께 아쉬운 무엇이 이 세상에 있단 말입니까. 당신은 모든 배움을 구했습니다. 그래도 당신은 기쁘지 못하였습니다. 당신은 여인을 품었습니다. 그래도 당신은 기쁘지 못하였습니다. 깊이 얼굴에 새겨진 업의 탈을 벗고 이 맑은 얼굴 속에 마음을 파묻으십시오. 이 얼굴의 임자는 생각을 모르고 살아온, 히말라야의 나무꾼입니다. 당신이 아트만을 찾으려 먼 길을 두루 헤맬 때, 이 사람은 아트만에서 가장 가까운 자리에서 머문 채 한 발도 움직이지 않으며 죽음의 날을 기다린, 이 인간의 슬기를 안아 들이십시오. 이 가장 낮은 것과 순순히 결혼하십시오. 당신의 몸을 돌려, 등 뒤에 기다리는 당신의 반쪽을 맞이하십시오.'

나는 히말라야의 깊은 오막살이 속에서, 때를 모르는 나무꾼의 삶을 좇고 있었다. 아득히 불어가는 눈바람 소리. 유리처럼 푸른 하늘. 천천히 타오르는 노변의 붉은 빛.

이러한 첫 번째 실험에 이어 두 번째 세 번째… 오늘까지 벌써 몇 차례가 되는지 모른다. 왜냐하면 첫 번을 비롯하여 모든 실험이 실패로 돌아갔기 때문이다. 내가 의식을 되찾고 얼굴에 씌어진 탈을 손으로 당겼을 때 그것들은 힘 없이 떨어져나왔기 때문이다. 죽음으로써 호령하는 나에게 마술사 부다가는, 차갑게 대답하는 것이었다. 제가 무어라 고 처음에 여쭈었습니까. 왕자의 가장 높은 것과 그 낯가죽 임자들의 가장 낮은 것이 한 치 어긋남도 없이 들어맞는 때 에만 엉겨붙는다고 말씀드리지 않았습니까.

나는, 그의 말을 믿는 나를 가끔 돌이켜보았다. 그러나 그를 죽이지는 않았다. 무서운 굿을 몇 번이나 거듭하는 가 운데, 못된 기쁨이 그 속에 있는 것을 알았으며, 그것이 나 를 사로잡고 놓지 않을 뿐더러, 마법사 부다가의 조형적 논 리 속에는 지금의 나로선 끝까지 매달리고 싶은 쉬운 힘과 설득성이 있었다. 나의 방법은 무형적인 것이었다. 부다가 의 방법은 뚜렷한 목표가 있었다. 사막의 신기루처럼 자꾸 달아나면서도, 여전히 뚜렷한 목표임에는 틀림없었다.

어느 날, 시종 한 사람만 데리고 사람이 끓는 장터 거리 를 걷고 있었다. 즐비한 천막 가게에는 여러 가지 물건이 쌓여 있었다. 댓 집 이은 포목전을 지나쳐 다음으로 옮아갈 때였다. 나를 향하여 애원하는 소리에 발을 멈추었다. 항아 리들만 길이 넘게 쌓아올린 도가니집 처마 밑에, 눈먼 거지 계집애가 앉아서 구걸하고 있다. 그녀의 얼굴을 들여다본 나는 적이 놀랐다. 자기가 찾아내고 있는 그 얼굴들에 족히 견줄 만큼 아름다운 얼굴이었기 때문이다. 옷이랄 수 없는 그 남루한 누더기에는 파리들이 쉴새없이 날아와 앉았다가는, 가끔 적선을 베푸는 사람이 가까이 오면 왕 소리를 내며 한꺼번에 날아갔다가, 또다시 달라붙는다.

내가 문득 정신을 차리고 둘러보았을 때 가까운 가게에서 호기심에 찬 눈들이 나에게 모아지고 있는 것을 알았다. 나는 자기가 너무 오래 서 있던 것을 깨달으며, 조금 당황해지면서 얼른 지나치려다가 다시 발을 멈추었다.

"지나가시는 나으리 마나님들, 적선합쇼. 자비하신 나으리 마나님들 적선하고 극락에 갑쇼."

나는 그녀의 얼굴을 뚫어지게 뜯어보았다. 탐나는 얼굴이었다. 부다가에게 한마디만 일러주면 내일은 저것을 써 볼 수 있으리라. 그때 무엇에 놀랐는지 파리떼가 또다시 왕 소리와 더불어 한꺼번에 날아왔다. 그녀의 일으켜세운 무르팍에는, 넓적하니 곪긴 종기에서 누르끄레한 고름이 굵은 줄을 지어 한 치쯤 쭉 흘러내려 번들거리고 있었다. 참혹하고 혐오스런 생각에 싸이면서 나는 얼결에 자신의 팔에서 황금 팔찌를 끌러 그녀 앞으로 던져주었다. 둘레에서 웅성임이 일어났다. 저런, 하는 소리가 들린다. 걸인 소녀의 무릎 앞에 떨어진 팔찌는 금테두리 겉 쪽에, 군데군데 금강석을 박은 것이었으므로, 그런 값비싼 보물이 걸인에게 던져졌으니 사람들이 놀랄 만도 한 일이었다. 나는 사람들이 웅성대는 틈을 타서 도망치듯 그 자리를 피하였다. 이 일이 얼마 가지 않아서 서울은 말할 것 없고 온 나라 안에 쫙 퍼졌다.

이 사건은 나의 둘레에 오해의 벽을 쌓고, 나의 얼굴에는 거짓의 탈을 덧씌웠다. 옆사람들이 성자 대하듯 하기 시작했고, 나 자신은 적어도 그런 눈들에 어울리도록 몸을 가져야 했기 때문이다.

장마철이 시작되면서 나는 몸이 불편하여 자리에 눕는 일이 많았다. 아플 때에는, 약도 약이려니와 무엇보다 마음을 평안히 가지는 것과 잠을 잘 자야 하는 것이지만, 그 중 어느 하나도 내게는 주어지지 않았다. 어렴풋이 잠들었는가 하면 무서운 꿈을 꾸고 후딱 잠을 깨곤 하였다.

꿈의 내용은 거의 몸뚱이 없는 얼굴에 대한 것이었다. 그런 얼굴들이 보통 악몽에서처럼 달려든다든지 하는 것이 아니고, 벽이며 마루며 천장이며 온통 사람의 얼굴로 꽉차서 말없이 나를 쳐다보는 것이다. 한번 부다가의 말을 받아들여 인간의 낯가죽을 얼굴에 쓴다는 방법을 택한 후, 나는 사실상 그 이전처럼 책을 읽고 궁리하는 제대로 된 학자의 나날을 거의 버리고 있었다. 나의 속에서는 언제부터인가, 책과 연구를 통한 자아의 완성이라는 것은 불가능한 일이라는 마음이 싹트고 있었다. 하루의 모두를 갈피 없는 망상 속에 보냈다.

과학적인 연구의 엄격성을 떠난 마음은, 엄한 지아비의 슬하를 벗어난 방탕한 천성의 여인모양, 게으르고 멋대로 놀아나는 것이었다. 나에게 지금 남은 것은 감각뿐이었다.

얼굴에 무엇인가 덧씌워져 있는 듯한 이물감이라는 형태로 나의 구도 의식은 감각화되고 있었다.

이 근질근질한 닿음새. 끈적거리고 꺼림한 얼굴의 이물감 때문에, 나는 지랄처럼 손을 들어 이마에 열 개의 손톱을 박아 얼굴을 벗겨내는 시늉을 한 탓으로, 이마에 가끔 찍힌 자국이 생겼지만, 이 일은 아라녀도 알지 못하였다. 어머니인 왕후가 찾아오는 일이 있었으나, 그런 때 나는 오히려 달래 보내는 게 일쑤였다. 둘레 사람들에게 될 수 있는 데까지 평정을 꾸미는 노력을 저도 모르게 해내고 있는 것이었다. 겉으로 보기에 우울한 기질의 사람일 뿐, 나는 아주 조용하고 다정하기까지 한 사람이었다.

어느 날, 시녀의 한 사람이 내가 늘 사랑하던 수정 항아리를 잘못하여 깨뜨린 일이 있었다. 나는 물끄러미 깨어진 그릇을 내려다보고 서 있었다. 그녀는, 너무나 커다란 실수에 넋을 잃고 그 자리에 엎드린 채 죽은 듯이 벌을 기다리고 있었다. 아무리 기다려도 그녀에게 곧장 떨어져야 할 꾸지람도, 매도, 내리지 않았다. 그녀가 간신히 머리를 들었을 때, 나는 이미 그곳에 없었던 것이다. 이 말도 곧 퍼졌다. 찾아온 모후가 이 말을 끄집어내자 나는 눈썹을 찌푸렸다. 그때 나는 터지려는 노여움을 간신히 참았던 것이다. 그 자리에 그대로 서 있으면 무슨 일을 저지를지 모르겠기에, 자리를 떴던 것이 사실의 모두였다.

모든 사람이 나를 완성의 군자로 잘못 아는 것이 나를 더욱 괴롭혔다. 어머니조차 그것을 모를 때, 그런 그녀에게서 위안이나 응석바라지를 찾을 마음이 나지 않았다. 앎이 월등하게 낮은 한 여인에게, 다만 생물적인 근원에 의지하여 쉴 데를 찾는다는 것은, 나 같은 따위 사람에게는 처음부터 못 하는 일이었다. 이 많은 궁중의 사람이 있으나 나는 늘 혼자였다.

지금 나에게 가장 가까운 사람이라면, 그는 마술가 부다가였다. 부다가는 마치 노예처럼 나의 뜻을 좇을 뿐 말이 없었다. 나의 어두운 집념의 과제를 잔인한 냉정함을 가지고, 묵묵히 도울 뿐, 나를 건드려 살생의 가책에 마음을 쓰게 될 섣부른 흉내를 내지 않았다. 지금 필요한 사람은 부다가 같은 사람이었다. 사람의 껍질을 자기 얼굴에 붙이겠다는 생각은, 지금 나에게는 단 하나의 삶의 과제였다. 언제 끝날지 모르나, 아무튼 이 일을 빼앗는다면, 그 순간 나의 존재는 텅 빈 물질의 껍데기가 되고 말 것을 알고 있었다. 처음의 출발과 동기 같은 것이 지금은 훨씬 멀리 사라져가고, 다만 브라마의 얼굴을 가지고 싶다는 그 한 가지 소원뿐이었다.

브라마의 얼굴은 다만 완성된 자아의 표정으로서만 뜻이 있을 것인데도 지금의 나는, 이 분열된 나의 얼굴에 어느 빛나는 남의 얼굴을 덧붙인다는 일 그 자체에 더욱 매달리고 있었다. 거꾸로 선 그런 마음속에서 가끔, 퍼뜩 얼이 돌아올 때가 없는 것은 아니었으나, 나는 두려운 듯 그런 귀찮은 생각에서 도망쳐나왔다. 많은 세월과, 신경을 발기발기 찢어세우는 생각의 골짜기를 거쳐서 내가 마지막으로 이른 쉽고 조형적인 방법— 그것이 곧 사람의 낯가죽을 쓴다는 방법이었다. 그 방법을 다시금 방법론적 회의의 도마에 올리기를 나는 두려워했다. 어렴풋이 벼랑을 앞에 느끼면서도, 눈을 감고 그쪽으로 달음질을 멈추지 않는 저 망하고자 마음먹은 사람의 무서운 게으름과도 같았다.

나는 가끔 부다가의 집으로 나갔다. 부다가는 그의 방안에 초틀에 담긴 얼굴들을, 네 벽에 돌아가면서 시렁을 만들고 그 위에 얹어놓았다.

얼굴의 방.

처음 이 방에 발을 들여놓았을 때, 나는 쭈뼛한 귀기가 덮침을 느꼈다. 소박하고 투명한 얼굴들이 눈을 감고 있는 이 방은, 마치 세계가 이곳에서 숨을 거둔 마지막 자리 같았다. 그럼에도 불구하고 나는 거기서 발길을 돌이키지는 않았다. 사람이 느끼는 뉘우침의 불길보다도, 내 속에 도사린 집념에 어린 뱀의 눈알이 더 차가웠던 때문이다. 오히려 대결하듯이 죽은 얼굴들을 바라보라고 가리키는 손가락이 있어, 나의 눈길은 뚫어지듯 얼굴들로 쏠리고 있었다.

이렇게 보면 그 많은 얼굴은, 어느 하나 같은 것이라곤 없었다. 작은 다름. 또는 비슷한 것 같으면서 전혀 다른 바탕. 살갗의 색깔. 이마의 넓이. 코의 높이. 입술의 부피. 턱의 퍼진 정도. 얼굴의 앞쪽과 옆대기의 비례. 코와 입술 사이의 홈의 깊이. 그런 다름으로 말미암아 그들 얼굴은, 쉽게 갈라놓을 수 있는, 다른 얼굴과 얼굴이었다.

단순함에도 이렇게 많은 층계가 있는가.

그 얼굴들은 단순함이 가지는 계급을 뚜렷이 보여주고 있었다.

부다가가 말한 것은 바로 이게 아닌가. 이 층계의 어느 하나에도 다양성이 들어맞지 않는단 말이지. 그렇다면… 나는 몸을 떨었다. 지금 이 방과 같은 얼굴의 방이 자꾸 불어가고 그 방마다, 채곡이 얹힌 얼굴 얼굴 얼굴…의 환상이 나를 떨게 하였다.

그 떨림 속에는 '그래서는 안 된다' 하는 뉘우침 대신, '그렇더라도 그렇더라도' 하는 저 차가운 눈이 있었으므로, 그 생각이 더욱 나를 떨게 하였다. 나는 두 손을 모아잡고 바로 눈앞의 얼굴을 다시 보았다. 그것은 여자의 얼굴이었다. 몇 번째부턴지 부다가가 가져오는 얼굴 속에는 여자의 얼굴이 섞여 있었던 것이다. 내가 마주보고 있는 얼굴은, 많은 얼굴 가운데서도 가장 끌린 얼굴이었다. 거의 완전에 가까운 좋은 얼굴이 그 얼굴이었다. 손을 들어 그 얼굴의 살갗을 만져보았다. 차가운 초의 닿음새와 조금도 다름이 없었다.

사람의 얼굴이란 참으로 신비한 것이다. 그들은 어찌하여 이런 얼굴을 가질 수 있었던가. 브라마와 가장 먼 자들이… 나는 그 순간 이름 모를 미움이 솟구쳐옴을 느꼈다.

나의 마음을 늘 어둡게 하여 오던 자기 행위에 대한 깊은 가책이 사라지고, 또다시 조용한 미친 불길이 가슴속에 타오르는 것을 보았다.

그렇다. 이것들은 그 아름다운 탈을 자랑할 아무 턱도 없다. 그들은 오직 무지한 탓으로 조용했을 뿐이다. 오직 무지한 탓으로. 가장 높은 것과 맺어져서 영원의 얼굴을 이루는 것은 그들에게 영광이어야 한다. 비록 성공하지 못하였을망정, 그 실험의 자리에 오를 수 있었던 것만으로도 그들에게는 영광이어야 한다.

이렇게 생각하면서 얼굴들을 돌아보았을 때, 지금까지 생생한 부피로 맞서오던 그 많은 얼굴들은, 흙과 아교로 빚어놓은 한갓 '물체'로 밖에는 보이지 않았다.

나는 눈앞의 얼굴을 집어들었다.

이제 아무 값도 목숨도 없어진 이 정밀한 자연의 가공물. 이것들이 몸통에 붙어 있던 때라 한들 정작 지금과 견주어 얼마나 더한 값이 있었단 말일까. 자기를 모르고, 아트만을 찾는 일도 없이 살아온 삶은 짐승과 무엇이 다를 바가 있는가. 나는 얼굴을 제자리에 놓고 방을 나오면서 부다가를 불렀다.

어느새 부다가가 곁에 와 서 있었다. 그는 언제나 그러하듯이 주인의 곁에 다가붙은 고즈넉한 개처럼, 될수록 자기의 속은 감추고, 내가 그의 있음에 조금도 마음을 쓰지 않아도 될 몸가짐을 알고 있었다. 부다가는 조심스럽게 이런 말을 했다.

"다문고 왕자. 신은 발원(發願)한 자에게는 반드시 응답이 있을 테지요?"

나는 그를 쳐다보았다. 왜 갑자기 이런 말을 할까 싶어서였다. 여태껏 나의 손발처럼 일해왔으나, 나는 이 늙은이에게는 공범자를 대하는 불쾌함밖에는 더 느끼지 못하는 터였다. 문득, 은근한 투로 자기의 마음의 아픈 곳을 건드려 오는 것이 기이했던 것이다. 부다가의 굵은 주름이 잡힌 눈시울에 어쩐지 부드러운 기운이 어린 듯했다.

"나는 지금 그런 것을 생각할 겨를이 없다. 낸들 알 수 있느냐."

부다가는 그 말에 고개를 숙이고 잠깐 말이 없다. 나는 그를 거느리고 뜰로 내려섰다. 이 뜰은 시가의 끝에 있는 이 집 뒤뜰이었으나, 높은 담에 가려서 그 너머 있을 벌판은 보이지 않고, 군데군데 구름이 떠도는 하늘이 있을 뿐이었다.

나는 오래 그 자리에 서 있었다.

나의 눈은 구름을 좇고 있었다. 번쩍이는 빛에 싸여서 부드럽게 흘러가는 하늘의 흰 조각들은, 내 마음에 부드러운 그리움을 채웠다. 구름이 흐르듯 헤매고 싶은 마음이 솟아오르며, 그 구름의 아랑곳없는 움직임 속에 순례자의 마음의 비밀을 읽을 수 있을 성싶었다.

차분히 가라앉은 마음이 되어 무심히 부다가를 돌이켜보았을 때, 나는, 지금까지의 기분을 대번에 깨뜨려버리는 광경을 보았다. 부다가는 아까부터 나를 지켜보고 있은 듯했다. 그 눈빛은 복종과 무관심으로 일관했던 늘 보던 그것이 아니고, 어떤 동정의 눈매였다. 나는 가라앉으려 하던 무엇이 딱 움직임을 멈추며 또다시 솟구쳐오르는 소리를 들었다. 한때나마 이 징그러운 늙은이에게 틈을 보인 것을 뉘우치면서 부다가를 노려보았다.

나의 갑작스런 변화에 따라 부다가의 얼굴에는 뚜렷한 실망의 빛이 보였다.

"얼굴을 벗겨 들여라. 또, 또, 몇백 장, 몇천 장이라도."

부다가는 대답 대신에 품속에서 그림 한 장을 꺼내어 말없이 펼쳐 보였다. 그 그림을 본 나는 외마디 소리를 질렀다. 나는 그림을 움켜쥐고 부르짖었다.

"이것이다. 이것이다. 이것을 벗기라. 이걸."

흥분이 가라앉았을 때 나는 물었다.

"이것은 누군가?"

부다가는 잠자코 나를 쳐다보더니 무겁게 입을 열었다.

"다비라국의 왕녀 '마가녀'이옵니다. 온 인도가 두려워 하는 저 코끼리떼를 거느리는 여인입니다. 그녀의 얼굴을 무슨 재주로 벗기겠습니까?"

내 손에서 그림이 떨어졌다.

나는 고개를 떨어뜨리고 눈을 감았다. 이윽고 다시 눈을 떴을 때, 흰 코끼리 위에서 빙긋 웃고 있는 다비라국의 왕 녀 마가녀의 얼굴이 발끝에 있었다.

부다가는 나의 소매를 끌고 방안으로 들어와 발을 내렸 다.

3

팽팽하던 줄이 뚝 끊어지듯, 웅성임이 멎었다.

스타트였다.

흑, 백, 갈색의 싱싱한 물체들이 엷은 안개처럼 감도는 주로의 아지랑이 속으로 튕겨지듯 내달았다. 말과 기수는 빠름이 더해짐에 따라, 차츰 부피를 잃어간다. 가벼운, 잠자리가 가듯, 움직인다느니보다 둥실하게 떠 보인다.

민은 흘긋, 옆에 선 정임을 보다가 그녀의 손에 눈길이 갔다.

오른손 다섯 손가락은 쥐가 일었을 때처럼 한 가닥 한 가닥이 갈고리 구부러지듯 하고, 오른발꿈치가 약간 들리고 왼손은 주먹을 만들어 가슴에 붙인 온몸의 균형에 앞으로 굽힐싸한 그녀의 얼굴은 빛나고, 놀란 사슴을 닮아 코언저리가 시큰하였다.

민은 그녀가 눈치채지 못하게 조금 뒤로 물러서면서 그녀의 온몸을 다시 한 번 훑어보았다.

싱싱한 사슴이다.

그는 옆을 둘러보았다. 뒤켠에 자리잡은 그의 둘레는 빼곡이 사람이 들이찬 방 속처럼 답답하지는 않았으나 그보다 더 진하고 육중한 '열중'의 벽이 훈훈히 둘러싸고 있었다.

모든 눈은 주로를 보고 있었다.

모든 몸이 주로를 보고 있었다.

그 가운데서 정임의 몸이, 직업이 직업인지라 가장 티없는 '열중'의 본을 이루고 있는 것뿐이었다.

모든 사람이 하나가 된 이 공감의 터에서 민은 자장(磁場)을 어기고 외톨로 딩구는 쇳가루 같은 외몫으로 난 헛헛

함에 발버둥치는 것이었다.

이것이다… 아마 이거야… 왜 여기에 휩쓸리지 못하는가. 무엇 때문에 물러서는가. 피에로가 되는 순간의 겸연쩍음에 애당초 대처하기 위하여…? 거부당했을 때의 절망이 두려워서 고백을 미루는… 아서라… 아서… 정임이를 처음 보았을 때 나를 때리던 느낌도 이것이었다. 저 갈고리진 손의 힘, 시큼하게시리 긴장한 코언저리를 가진 저 얼굴이 나타냈던, 그 숨김 없는 얼굴이었다. 그 첫눈의 느낌, 그 강렬한 첫 보기의 느낌을 왜 믿지 못하는가. 왜 그것을 계시로 받아들이는 데 망설이는가.

남모를 밀실의 기도 속에서 계시가 주어지던 고전의 시대는 지났다. 우리는 자기대로의 수법으로 어디서나 굴러다니는 계시를 놓치지 말아야 한다.

비 오는 날 어느 모퉁이 길에서 문득 발끝에 채이는 빈 깡통의 더러운 레테르 위에서, 늦은 전차에 탄 여인의 지친 살눈썹 속에서 방향치(方向痴)가 되어 사막을 걷던 밤, 도시의 하늘에 빛나던 낙타의 푸른 혹에서, 여름 풀이 우거진 먼 교외의 비탈에 선 햇빛에 익은 고압선의 부피 속에서, 도시의 창자를 흘러가는 구정물의 철떡이는 소리에서, 은회색 스탠드의 매표구에서 십오 환짜리 보통권을 내미는 손의 까칠한 살갗에서 우리는 무엇인가를 잡아야 한다.

그렇다면 젊은 다리를 감싼 발레리나의 토슈즈의 발끝에서 무엇인가를 읽는 데 망설일 무슨 까닭이 있는가? 정임이와의 그 첫 장면에서…

그때 그는 강선생에게서, 그녀가 분장실에 있다는 말을 듣고, 손에 담배를 붙여 든 채 노크도 없이 문을 열었었다.

자기가 오늘부터 턱으로 부려먹을 애송이에게, 들어가도 좋습니까? 하는 따위 짓을 하는 일이 징글맞은 허례라는 상투쟁이 생각에서가 아니라, 저 혼자라고 마음껏 방심하고 있는 현장을 잡아 기를 죽여 놓자는 심술이었다.

그녀의 귀국에 관심이 없었던 듯이 보였던 자기가 사실은 꽤 신경을 써왔고 마음 깊은 데서 어떤 촉박한 기대를 품어온 터이라는 사실을 그 순간 그는 절실히 느꼈었다.

두터운 방음 재료로 만든 문 때문에 소리가 나지 않았던 탓인지, 방안의 인물은 그가 들어온 것을 몰랐다.

한 발은 뒤에서 앞으로 당기다 말고 뒤꿈치가 들린 채 그 자리에 머물렀고, 쳐든 턱 끝에 한송이 꽃을 두 손으로 받쳐들고 있다. 가운데가 휘어서 앞으로 나간 몸집 위에서 장난치다 어떻게 그런 몸짓이 된 어린애처럼 무심한 얼굴이, 꽃을 보고 있었다.

이런 발레리나를 민은 처음 보았다. 몸 크기의 잘 된 인형을 보는 느낌이었다.

낮게 소리를 지르며 그녀는 이편을 보았다. 그녀는 꽃에서 한 손을 떼고 무릎을 꺾으며 발레리나의 인사를 하였다.

민은 그녀의 손을 잡아 일으켰다.

"철학자이시라구요?"

"네?"

그녀는 웃음을 참느라고 꽃을 깨물고, 민은 그 모양을 바보처럼 보고만 있었다.

쯧쯧, 이게 무슨 꼴이람… 내가 시킬 탓으로 움직일 인형… 그는 자기 방 시렁 위에 얹힌 인형들을 얼핏 떠올렸다.

그러나 얼마나 잘 만든 인형인가? 말도 하고 웃기도 하고… 어쩌면… 그의 머릿속에서는 사연 있는 필름의 맨 마지막 어떤 장면이 예언처럼 흘러갔다. 그때 그는 자신을 저주하면서 그런 환상을 물리쳤다. 그녀의 모습에서 창작 의욕이 건드려진 것뿐이라고 생각하려 들었다.

그날 밤 집에 돌아오는 대로 시작하여 그의 오랜 계획이던 작품을 끝만 빼고 거의 마쳤다.

신데렐라 공주 이야기를 뜯어고쳤다. 서양의 콩쥐팥쥐 이야기인 이 옛날 애기에서 계모와 의붓자식인 신데렐라 사이의 갈등을 그 원래대로의 비중을 깎아버리고, 원 얘기에서는 외적 행복의 상징으로만 나오는 왕자를 앞으로 가져온다. 그는 얘기를 이렇게 바꾸었다.

어떤 성의 왕자가 마술사의 저주로 얼굴에 탈이 씌워져 벗겨지지 않는다. 마술사는 이 세상에서 제일 아름다운 여자가 왕자를 사랑하게 될 때까지는 그 탈이 벗어지지 않을 것을 예언한 것이다. 왕자는 고민 끝에 모든 나라의 공주들에게 초청장을 보내 색시를 고르기 위한 춤 잔치를 연다.

제1막은 신데렐라의 집, 그녀의 이복형제가 계모의 도움을 받으며 춤 잔치에 갈 채비에 바쁘다. 아름답고 건방진 여성의 본보기. 그녀는 신데렐라에게 짜증을 부리며 어머니를 들볶는다. 이 어머니가 다름 아닌 마술사다. 아름다운 자기 딸을 왕비로 삼기 위한 계획이었다. 화장을 마친 신데렐라의 이복형제가 왕자를 유혹하러 떠나는 직전의 설레임과 다가올 행복에 취한 마음을 나타내는 혼자춤. 신데렐라는 뒤쪽으로 물러가서 부러워하는 몸짓을 되풀이한다. 마술사는 딸의 둘레를 춤추어 돌면서 이기적인 어머니의 마음을 나타낸다.

이때까지는 마술사는 계모라는 유형적 악역을 통념 정도

로 보여줄 뿐, 후에 가서 드러나는 마성(魔性)은 엿볼 수 없다. 딸에게 은근히 부모의 얼굴이 깎여지지 않을 정도로 꾀를 불어 넣어, 잘 사는 집 아들을 우려내게 하는 현대 부르조아 집안의 어머니나 마찬가지 정도의 악성뿐. 이윽고 모녀 춤잔치로 떠남. 홀로 남은 부엌데기 신데렐라. 곧은 마음의 아름다움을 지닌 그녀의 솔직한 슬픔의 춤. 이런 때 슬프지 않은 체하는 탈의 연기를 모르는 곳에 바로, 이 무용극의 매듭을 푸는 열쇠를 준 작자의 뜻이 있다.

어느덧, 춤에 취한다. 그녀의 낯빛이 밝아가고 우아한 턴과 경쾌한 도약이 미어진 기쁨의 솔로로 바뀜. 불행 속에 구질구질 얽히지 않고 그것을 뚫고 밝음으로까지 자기를 높이는 그녀의 성격을 나타내는 보기. 밝게 웃는 신데렐라의 얼굴에 스포트라이트를 주어 관중에게 다시 한 번 그녀를 기억시킨 다음 무대 암전.

제2막, 왕자의 춤 잔치. 좌우로 벌려 선 여성 무용수들, 가운데 탈을 쓴 왕자. 탈을 벗으려는 고민과 간절한 사랑을 찾는 왕자의 춤. 메르헨적인 당돌성과 무설명(無設明) 속에 인간의 운명이 외적인 조건 때문에 휘둘리는 분위기와 그에 대한 왕자편의 안타까움과 반항의 심리 과정이 우러나오도록. 배경으로 물러나 늘어선 여성 용수들 한 사람씩 나와 왕자의 탈벗기를 돕는 듀엣. 실패의 연속. 마지막으로 나오는 신데렐라의 이복형제 두 사람만 남기고 모두 나간 가운데, 온 장면 중 가장 눈부시고 육감적인 듀엣. 춤을 마친 마술사의 딸. 자신에 넘친 손으로 왕자의 탈을 벗기려 다가옴. 바람에 찬 왕자. 꿇어앉아 그녀를 맞는다.

실패. 탈은 꿈쩍도 않는다. 절망하여 무대에 쓰러지는 왕자. 불빛 푸름으로 바뀌며 마녀 등장. 풀어헤친 머리, 1막에선 보이지 않던 비죽이 드러난 뾰족한 덧니. 푸른 불빛 속에 '원 이럴 수도 있담…!?'을 감추지도 못하고 드러낸, 망연자실한 악마의 애교 있는 모습. 그녀의 예언은 그녀 자신의 뜻을 벗어난 다른 현실성을 숨기고 있었던 것이다.

다음 순간 악마 모녀의, 저희들의 실패에 대한 노여움과 저주에 찬 미친 듯한 춤. 비바람 치는 음악. 모녀 춤에 지쳐 무대에 쓰러진다. 무대에는 왕자와 모녀와 음악. 희망의 가능성을 예고하는 달콤하고 고요한. 그 소리에 살며시 일어나는 왕자. 기쁨과 기대와 떨림에 넘친 몸짓. 위기적인 전환을 가능케 하는 어떤 일의 다가섬을 예상시키는 무드로 무대와 음악이 바뀜. 눈부신 품위를 지니며 신데렐라 나옴…

터지는 외침과 더불어 정임은 민의 팔에 매달리면서 뛰어올랐다.

"보세요. 5번이 이겼어요."

깃대처럼 흔들어대는 그녀의 팔끝 펴진 주먹 속에서 No.5 경마권이 그녀의 이마처럼 젖어있다.

경마장에서 점심을 마치고 비원에 들어가서도 얼마나 자기가 말에 대해서는 익숙한 감식가인가를 늘어놓기에 정임은 세월이 없었다

"제가 무어랬어요. 그 갈색 말이 꼭 이긴다고 하지 않았어요? 흰 말이 보기에는 그럴듯해도 뒷다리가 엉거주춤한 거랑 그 자세가 틀렸거든요. 인제 제 실력을 알 만하죠."

그녀는 정말 즐거운 모양이었다. 어린애처럼 다짐받으려 들었다.

여인이여 무슨 실력 말인가? 그대의 No.5 살러 브렛이 우승하고 나의 백마가 진다는 사실을 예언한 그 위대한 영혼의 투시력 말인가…?

"스타트 라인에 선 모양만 봐도 안답니다. 우물쭈물하는 빛이 있는 건 안 돼."

옳다. 행동과 심리 사이에 틈이 있을 때 그는 지는 거야. 빈틈없는 열중만이 삶의 보람을 느끼는 길이지. 출발선에

서 망설인 자는 벌써 진 것이다. 말이든 사람이든.

"근데 저만 공연히 흥분하네… 선생님은 경마엔 흥미가 없으신가봐."

민은 문득 미라를 생각했다. 그녀라면 이 뜰에서 무슨 말을 느낄 것인가. 그러고 보면 민이 그녀를 경마에 이끌었거나 비원에 데리고 온 기억은 없었다. 늘 새 아틀리에를 가졌으면 좋겠다는, 그 채광이 나쁜 아틀리에에서 지루한 신경전을 강요한 것밖에 또 무엇이 있었던가? 그 까칠한 목을 죄고, 밤을 새면서 그려놓은 출품 작품을 칼로 찢어버리는 것이 사랑이었을까. 역설로 나타난 사랑? 잔소리 마라. 왜 순순히는 사랑을 나타내지 못해. 네가 인형을 사랑할 때 인형의 팔을 분질러야 사랑의 표시가 되나. 다치기 쉬운 것을 함부로 다루는 건 멋도 아니고 사랑의 역설도 아니야.

그러나… 무엇을 또 꾸미려 드느냐. 왜 그렇게 자주 '그러나'를 가져 오느냐. 선뜻 피리어드를 찍는 그런 선선한 사나이가 왜 못 돼. 그것은 옳다. 그러나…잠깐만… 그러나, 그녀는, 미라가 과연 '다치기 쉬운 것'으로 자기를 받아주기를 바라는 것일까. 자기가 인형처럼 다루어지기를 바라겠는가. '물건'으로 다루어지기를 바랄는지. 아니다. 경마를 권유한다면 그녀는, 가엾은 듯한 웃음을 지은 얼굴

로 묵묵히 팔레트에 붓을 이기며 고개를 흔들 테지. 비원에
가자면 케이스에 가득히 스케치북을 메고 와서 나를 절망
시키겠지.

정임은 화제야 어떻든 자기 세계를 고집하지 않고 나와
의 대화를 늘 바란다. 어쩌면 나는 대화를 할 줄 모르는 놈
인가. 늘 독백만 하고 귀를 기울여 고즈넉이 들으며 다정히
응답하는 대화의 예절을 모르는 나.

"아니야 난 정임이하고 이야기하는 게 좋아."

정말이다. 적어도 반은 정말이다. '반은' 이란 말에 고까
워 말라. 내 딴엔 찬사야.

"제 이야기가요, 정말?"

그녀는 활짝 웃는다.

"정말이야. 내 침묵을 달리 생각지 말아줘."

이번에도 정말이다. 나는 어쩌면 너한테서 빛을 찾고 있
는지도 몰라. 내가 쓴 저 작품의 끝이 너에게서 나올지도
몰라. 어쨌든 그건 너에게 관계 없는 일. 자꾸 말하여다오.
제길 왕들의 옛 자리에서 살러 브렛 품평회란 얼마나 좋아.
오직 그 풍류를 네가 알기까지 한다면 오죽 좋으랴만.

"그렇지만 철학자하고 말 이야기만 지껄이다가 문득 생
각하니…"

무슨 소리를. 그것이 네 매력인 줄 모르느냐. 철학자는 무슨 빌어먹을 철학. 약한 마음이 앓는 신경쇠약에다 이러쿵저러쿵하는 탈을 뒤집어씌운 거지. 제 손으로 쓴 그 탈이 손오공의 머리테처럼 빠지지 않아서 이 꼴이지. 게다가 그 진짜 철학이란 것도 사실은 아무것도 아니란다, 아가야.

"정임이, 나면서부터 선인은 애쓴 끝의 성자보다 복된 거야. 힘쓰지 않고 착하다면 군소리가 무슨 소용이야?"

이것은 정말 정말이다. 너는 이 말이 얼마나 정말 정말인지 모를거야. 모르는 게 너의 매력이고 모르는 게 단 한 가지 흠이지만.

"사실은 저를 깔보시는 거 아니야요?"

쳇, 언제 그런 말을 배웠소. 그런 말을 배우면 못 써요. 그런 투를 배우기 시작하면 너는 마력을 잃은 불쌍한 마녀처럼 동리 사람들에게 학살당하는 거야. 자의식이라는 동리 사람에게 때려잡히는 거야.

"정임이, 내가 지금 지도하는 레퍼토리는 다만 정임이 하나를 보고 하는 거야. 아직 끝맺지 못한 채 연습을 시작한 건 가을 공연에 늦지 않기 위해서고, 정임이 이미지에 매혹돼서 이 작품을 쓴 건 잘 알잖아? 정임이 우리가 일생 이렇게 같이 일한다면 행복할 것 같아?"

네 눈이 빛나누나. 그렇다. 나는 정임이를 적어도 공연날 밤까지는 사랑할 필요가 있다. 그녀의 이미지를 허물지 않기 위하여. 미라에게 죄될 것은 조금도 없다. 정임이 같은 애송이를 미라와 바꿀까보냐. 내 여자는 미라다. 미라를 잘 길들이는 길만이 뜻이 있다. 문제를 가지지 않은 여자를 사랑하는 것은 해결이 아니고 회피다.

그녀를 안심시켜야 한다. 민은 비로소 정임이를 대할 때마다 치미는 심술의 까닭을 안다. 그와 정임 사이에는 저 여윈 어깨, 미라의 어깨가 가로막고 있다. 정임에게 향하는 호의가 그 어깨에 걸려서 자꾸 비뚜로 달아난 것이었다. 미라 아무것도 아니야. 나는 배반하지 않아. 나는 미라를 통해서만 행복하고 싶어. 정임이는 나의 예술을 위해 필요한 수단이고…

그들은 왕과 왕비의 침실 앞까지 와 있었다. 이 살림살이는 한말에 일본서 주문한 것이리라. 금박이 입혀진, 왕조풍의 것들이다. 천장이 나지막한 기와집 방안에 놓여진 그 양식 살림들은, 왕자의 으리으리한 살림 자리라기보다는 동화극 속의 조촐한 풍경 같았다.

민은 농담을 하는 것이었다.

"저기 가 한번 앉아볼까부다…"

민은 다리가 맵시 있게 구부러진 의자를 가리키며 둘레를 둘러보았다. 안내인은 보이지 않는다. 신성한 것을 버려주는 기쁨이 있을 것만 같았다.

그 말이 채 끝나기 전에, 정임은 막아놓은 줄을 발레 동작으로 가볍게 넘기며 그대로 스텝을 밟아 의자로 가서, 사뿐 올라앉았다. 금빛 의자에 바른 몸매로 앉은 그녀는 여왕보다 고와 보였다.

그녀는 민의 말을 받아 그런 자그마하나마 충분히 민에 대한 응석을 나타낸 모험을 하고 있는 것이 아주 즐거운 모양으로, 익살을 부리는 것이었다. 상글상글 웃으면서.

"경은 어려워 말고 가까이 오라. 짐은 심히 즐겁도다. 내 사랑을 물리치지 말라."

이상한 일이 민의 가슴속에서 일어났다.

떼를 쓰는 어린이가 생트집으로 어머니더러 보기 싫다고 방에서 나가 나가 하며 발버둥쳐놓고는, 막상 어머니 치마꼬리가 문틈으로 빠지기 무섭게 와 울음을 터뜨릴 때의 마음과 꼭같은 틀에서 부어져 나온 것만은 틀림없으나, 달리 표현할 수는 없는 무엇이 불끈 가슴에 솟아난 것이다.

민은 펄쩍 줄을 뛰어넘었다.

의자에 앉은 그녀에게 달려가자, 다짜고짜로 그녀의 비

스듬히 모로 꼰 발목을 사정없이 낚아챘다.

"바보 어리다고 이런…"

비명을 지르며 마룻바닥에 엉덩방아를 찧었다가, 재빨리 일어서면서 그를 노려본 정임의 눈에서 떨어지는 눈물을 보자, 그는 눈을 감았다.

네놈이야 말로 희극이다. 그리고 악당이다.

민은 이를 악물고 그 소리를 거부했다.

플라타너스 잎이 보도에 구르기 시작할 무렵, 현대 발레단 가을 공연 「신데렐라 공주」 상연 날짜가 하루하루 다가오고 있었다.

넉 달 동안 민은 정임과 자기 사이에 놓인 미라의 어깨에 걸려 엎어지면서, 눈 가리고 아웅하는 광대 노릇을 해왔다. 미라는 그가 찾아가면 덤덤히 앉은 채 전혀 상대를 하지 않았다. 오면 오는가, 가면 가는가, 바람보다 더는 그를 여기지 않는 듯한 태도였다.

국전 개전이 가까워오면서 더 심해지는 듯했다.

일부러 민을 사로잡기 위해서였다면 그녀의 수법은 큰 성공이었다.

몸과 마음이 안고 뒹굴던 여자의 그런 덤덤한 반응은, 민을 무섭게 만들었다. 버림받는 것. 인간이 싫어졌다고 쓴웃음으로 버림받는 것은 지옥이었다. 하느님은 몰라도 좋지만 너만은 알아달라고 염치를 버리고 매달리고 싶었다. 그런데도, 그런 곧은 길로 나가지는 않았다. 민은 아직도 어느 날 새벽 자기의 앙상한 발목을 그리고 앉았던 그녀의 싸늘한 눈초리에 막혀 있었다. 어쩌면 마지막 승부에서 써먹을 패 쪽지로서 쓰기 위하여 짐짓 막힌 체하는지도 모른다.

그의 일기장에 적힌 토막글들은 그간 그 자신의 마음의 어수선한 그림이다. 내용이야 무엇이든.

독백은 자음(自淫)이요 대화는 사랑이다.

자기 결함을 안다는 일이 덕이 될 수는 없다. 자백은 면죄를 성립시키는 것이 아니므로.

서양 철학이란, 바이블이 너무 알기 쉽기 때문에 될수록 어렵게 옮겨놓은 것이다. 다만 그리스는 빼고.

여자가 약한 것이 아니라 사랑에 빠진 여인만 약하다. 그 나머지는…

여기가 로도스섬이다. 여기서 해보란 말은 틀렸다. 왜냐하면 여기는 로도스섬이 아니므로.

역설이란 것이 근대 이후에 사랑을 받기 시작한 것은, 인간의 사상의 순열 조합이 가능한 형태는 다 끝났기 때문에, 이번에는 한번 한 말을 뒤집어놓기 시작한 데 까닭이 있다. 아무튼 말은 해야 했으므로. 예수의 역설은 무어냐구? 신에게는 역설이 없답니다. 역설이란, 신이 인간과 상의함이 없이 저지른 단독 계약에 대하여 인간이 투덜대는 피해 의식입니다. 갚음을 청구할 수 없는.

울어야 할 때 웃는 것이 감동적이라는 것을 알았을 때 인간은 연극을 발명했을 것이다. 울어야 할 때 우는 것은 극이 아니므로.

동양의 할아버지들은 이후의 모든 후손에게 불초 두 자만을 유산으로 남겨주었다.

모든 인간이 양반이고자 하는 것.
또는 양반이 되려는 것을 적어도 막을 수 없다는 것.

(민주주의!)

그런데 결국 그들은 양반이 될 수 없다는 것(족보가 없으므로)

바로 현대의 골치 아픔의 까닭.

이상주의가 낡은 옷 같아 보이는 시대에, 공동 사회적 연대 의식은 과연 언제까지 지탱할까?

어떤 나라의 청년들은 전통도 없이 주먹질만 한다는 소문이 있다. 공중에 대고. 이렇게 말하는 경우 나는 물론 전통을 서구적 문화라고 새기고 아무 회의도 느끼지 않는 사대주의자요 문화적 식민지 주민이다.

동양에 관한 말에 관심을 가진 척해서는 안 된다. 교양 있는 신사들이 그대의 최신형 헤어 스타일 속에 아득한 상투의 환상을 대번 떠올릴 것이며, 사실 그것들은 거들떠볼 값도 없는, 멸망하는 자의 노랫가락이며, 썩어빠진 것이므로.

장사는 긴 목이다.

알면서 입을 다무는 것과 몰라서 그러는 것은 다르다. 이

비약을 서양인은 영원히 구별 못 한다. 그들은 생략법을 모른다. 이 까닭에 서양인에겐 동양의 달관은 영원히 이그조틱한 스핑크스일 뿐이다.

한시(漢詩)의 거시성(巨視性)에서 현대시에 대한 구원을 보는 것은?

서양은 늘 그 변두리에 풀이 못 할 어떤 것을 남긴다. 이 어떤 것이 동양의 재산이다. 서양이라는 등기소는 이 재산의 등록을 거부한다. 왜냐하면 근대라는 물권법에는 그런 재산에 대한 항목이 없기 때문이다. 이리하여 동양은 이 창피한 유산을 이그조티시즘을 거래하는 서양 상인에게 헐값으로 팔아버린다.

니힐리즘이란, 기권을 선언하고서도 여전히 경기장에 남아서 이러쿵저러쿵하는 경기자의 알쏭달쏭한 미련과 같다.

삶은 캐비지를 닮았다.
캐고 꼬집으면 몽땅 그런 심지가 떨어질 뿐.

현대인에게 정공법은 통하지 않는다. 그에게 무엇을 설득하려면 궤계(詭計)를 써야 한다. 정공법은 그에게 경계심을 일으키므로.

참나무처럼 단단한 경건의 줄기에, 목련처럼 풍부한 감각을 꽃피우는 것.

참나무처럼 고루한 형식의 줄기에, 목련처럼 부화한 허무를 꽃피우는 것이라고 뒤집고 싶지?
너는 악마의 몇 번째 아들이냐?

'피리'와 같은 진짜 허무가 없다고 열등감을 느끼는 식민주의자들이 있다. 마치 뉴욕의 갱에 비하면 한국의 깡패는 어린애 장난이야 하고 어깨를 으쓱해 보이며 비관하듯이. 소름끼치도록 딱한 아저씨들.

예수는 한 번 십자가에 달린 것으로 넉넉하다. 석가는 한 번 바늘방석에 앉은 것으로 됐다.
현대인은 자기의 건망증을 핑계로 예수가 수없이 십자가에 오르기를, 부처님이 수없이 바늘방석에 앉기를 청한다.

기합술사에게 한번 더를 요구하듯.

　현대인은 바이블의 역사적 진리성을 자아의 심리적 타당성으로 옮긴다. 제목이 붙은 그림을 옮겨, 무제의 음악을 만든다.

　고지식한 자는 구원된다.
　지방 자치법은 정신 생활에 더욱 필요한 입법이다.
　천재들이 자살한 까닭은 그들이 걸작을 쓴 이튿날에도 해가 동에서 떴기 때문이다.

　광학(光學)에는 한 가지 백색만 있다.
　마음에는 두 가지 백색이 있다.
　원래부터가 백색인 경우와
　흡수해서 백색인 경우와.
　이것을 구별해야 한다. 그러나 정말 고백하면, 똑같다. 뿐만 아니라 하느님께선 앞의 것을 편애하신다는 소문조차 있다.

　우주 여행의 결과 신이 사탄의 맏아들이었다는 것이 밝

혀지는 날, 모든 긍정론은 만화가 되겠지.

슬픔을 가장하는 자는 복수당한다. 거짓말하던 아이가
이리에 잡혀먹혔듯이.

무어라구?
지금은 달나라에 가는 때가 아니냐구? 눈을 크게 뜨고
우주를 보라구? 알았어. 헌데 저리 좀 비켜주게나.

현대인을 건지는 단 한 가지 길을 나는 알고 있다. 그러
나 차마 입 밖에 내지는 않겠다. 네가 배를 쥐고 웃을 테니
까. 무어 정말 안 웃을 테야? 그럼…
사랑하면서 열심히 살라. 이거야. 이 악마 같은 놈아. 웃
지 않겠다고 하고서. 주여 그는 저의 하는 소행을 알지 못
하오니…

헤매는 대철인보다 타고나기를 착한 사람을 택하겠다.

개념과 논리의 헛갈림으로 뒤얽힌 인간의 논쟁을 수식으
로 보기 쉽게 풀 수 있는 마음의 수학.

자기의 불면증의 이유도 모르고서 남의 위암을 고쳐주겠다는 사람이 얼마나 많은가. 그들이야말로 살인광이다.

단순으로는 안 되고 다양만으로도 안 된다.

침묵과 웅변의 합금을 만들 줄 아는 요술쟁이는 어디 있는가?

현대는 말하기 어려운 때다. 인간과 인간의 오감이 끊어진 시대, 그러므로 현대에서 말을 하려고 한다는 사실만으로도 덕이라 불려져야 하며, 동시에 악덕 혹은 악취미라 불려져야 한다.

한 사람의 연인을 가진다는 것은 현대에서 가능한 최대한의 정의실현이 아닐까?

기다림도 또한 덕이 아닌가. 누리를 가로지르는 성운에 참가할 때까지, 내 자신의 모나드의 창가에 경건한 촛불을 켜놓고 연인의 꿈을 꾸는 것으로 만족하자.

교외 전차의 운전사가 플라톤의 독자일 수 있고 버스 여차장이 보바리의 애독자일 수 있다는 데 미상불 모든 악은 있다. 신분과 교양이 일치했던 오호 흘러간 황금 시대여.

Cynicism을 목졸라 죽이고 겸허라는 무기 감방에 살고
싶다는 것이 원.

달밤이었다.

지붕에서 굽어보는 눈에 로터리는 둥글게 둘러선 고층
건물에 싸인, 깊은 우물의 물 빠진 밑바닥처럼 보인다.

관객들이 말끔히 흩어진 극장 앞 광장. 총총한 가로등
빛을 받아 조금 물기 있게 빛나는 보도와, 건물의 육중한
벽으로 싸인 그 마당은 사람들이 돌아간 또 하나의 극장 무
대 같다.

공연이 끝나자 그는 이 옥상으로 와버렸다.

신데렐라 공주의 피날레

예고와 희망에 찬 음악을 타고 신데렐라 나옴.

왕자의 기쁨에 넘친 구원에의 욕망과 프리마 발레리나의
헌신과 사랑을 나타내는 듀엣.

배경 속에서 서서히 일어나는 마녀 어미 딸.

음악은 숨가쁜 승리와 해결로 접어든다.

모녀의 방해를 굳세게 물리치고 사랑을 고백하는 신데렐라.

외적 운명이 내적 필연으로 바뀜.

마침내 떨어지는 탈.

천천히 퇴장하는 모녀. 악마가 자포자기한 묘한 해학의 몸짓으로. 무대에 남은 주역 용수 두 사람의 승리와 춤.

처음에 그는 실패가? 하였다.

막이 내렸는데 박수가 없었다.

눈앞이 캄캄해졌다. 그러자 터질 듯한 갈채가 터졌다. 주역인 강선생과 정임이 몇 번이나 무대에 나가서 환호에 답례했다. 흥분한 단원들이 어깨를 부딪치며 이리 뛰고 저리 뛰는 속에서, 단원의 한 사람이 꽃다발과 쪽지를 민에게 전했다. 그 쪽지를 훑어 읽자 민은 이쪽으로 걸어오는 정임을 스치며 문을 박차고 극장 입구로 달려갔다.

"아무도 나간 사람 없소? 지금 막."

"네 어떤 부인이…"

"베레모를 쓴?"

"네, 네, 방금 어떤 신사분과 차로 떠나셨습니다."

"…"

그길로 그는 옥상에 올라와버린 것이다.

(…) 저를 마녀의 딸로 만들어버린 건 너무하시잖아요? 이건 농담. 반갑습니다. 현대발레단의 앞날을 축복합니다. 저는 불란서로 부임하는 오빠의 권대로 파리로 떠납니다. 사랑했습니다.

쪽지의 문면이 머리에서 꿀벌처럼 잉잉거린다. '했습니다'라고 한 과거형 속에, 민은 그녀의 마음을 읽었다. 그녀가 지난번 국전에 들기만 했대도 지금의 이 어두운 느낌은 없을 것을.

민은 돌아다보았다. 마지막 장면의 옷 그대로인 정임이가, 옥상 어귀에서 이쪽을 기웃하니 보고 있다. 그녀는 민의 곁으로 다가와서 그의 얼굴을 들여다보다가, 아직도 움켜쥔 미라의 쪽지를 그의 손에서 뽑아 달빛에 대고 읽었다. 민은 그 자리에 주저앉아 무릎을 세우고 팔로 감싸안았다. 무릎 새에 머리를 묻었다.

곁에 섰던 정임이 푸르르 달려가는 기척에, 민은 퍼뜩 머리를 들었다가, 얼어붙은 듯 숨을 죽였다. 달무리진 하늘을 뒤로 옥상의 훤칠한 난간 위에 발끝으로 선 정임의 둥실한 포즈를 거기 본 것이다.

로터리의 휘부연 보도를 향하여 나비처럼 떨어져가는 그녀의 환상이 머리를 스쳐갔다. 침착하게… 서둘지 말고…

"알았어 알았다니까…"

속에서 타는 감동을 한껏 감추며, 아무렇지도 않은 듯이, 가볍게, 무슨 장난이야 하는 기분이 풍기게 소리냈다. 그러나 그렇게 말했을뿐 민은 한 발도 움직이기는 커녕 손의 자리도 바꾸지 못했다. 만일 자기가 조금이라도 움직이면 그녀의 균형이 무너질 것 같았다. 자꾸 머리가 어지러워온다. 자기만 '사람'이고 다른 사람은 인형으로 알고 살아오던 사람이, 처음으로 또 다른 자기 밖의 '사람'을 발견한 현장에서 느끼는 멀미였다. 사막과 인형들을 상대로 저 혼자만의 독백을 노래하며, 포탄에 찢어진 '남의 팔다리'를 가로채면서 살아온 자에게는 지금 테라스 위에서 맞서오는 '사람'의 모습은 어지러웠다. '사람'이란 이렇게 무서운 것…

툭.

그 기척에 바짝 정신을 차렸을 때, 정임은 사뿐히 뛰어내려 그의 옆에 서 있었다.

앞으로 고꾸라지는 민을 가슴으로 받으며 그녀는 웃고 있었다.

누군가 계단을 뛰어 올라오는 기척이 난다.

4

나는 일이 이렇게 쉽사리 이루어지리라곤 생각지 않았다.

잘못되면 죽음까지 각오한 터였으나, 이처럼 순순히 계획한 대로 들어맞았을 때는 오히려 신기했다. 나는 옆에 놓아둔 피리를 집어 들었다. 오래 손에 잡아본 적이 없었던 이 피리가, 큰 몫을 할 줄이야. 이곳 다비라국의 서울까지 숨어든 나와 마술사 부다가는, 낮 동안에 왕녀가 코끼리 부대를 조련하고 있는 벌판까지 나가서 형세를 살펴보았다. 처음 보는 눈에, 조련하는 모습은 큰 구경거리였다. 이백 마리를 헤아리는 코끼리들이, 등에 무사를 태우고 옆으로 줄을 지어 전후좌우로 자욱한 먼지를 일으키며 달리고 있다. 그 대형의 가운데 한층 큰 흰 코끼리 위에 눈부신 바구니 속에 앉아서 지휘하는 왕녀 마가녀는, 민첩하게 운동하는 인물이 자아내는 건강하고 싱싱한 아름다움으로 빛나고 있었다. 나는 여태껏 찾아온 인물— 저 브라마의 얼굴이, 살아 있는 팔다리에 붙어서 움직이는 모습을 내 눈으로 똑똑히 보았다.

해질 무렵이 되어 조련이 끝나자, 웅장한 대열이 시가를 향하여 행군해올 때, 나와 부다가는 대열을 거슬러 모습을 나타냈다. 나는 떠도는 바라문으로 차리고 있었다. 나는 피리를 불며 의젓이 걸어나갔다. 긴 행렬의 가운데쯤에 이르렀을 때, 나는 코끼리 위에 탄 왕녀의 눈길이 내 위에 주어지는 것을 알 수 있었으나 여전히 유유한 걸음을 옮겨갔다. 대열의 마지막쯤에 이르렀을 때 왕녀가 탄 흰 코끼리가 이편으로 돌아오는 것을 보고, 나는 만족한 웃음을 지그시 눌렀다. 내 옆에서 머문 코끼리 위에서 그녀는 나의 피리를 칭찬하고 하룻밤 자고 갈 데를 주겠노라고 했다. 소문에 들은 마가녀의 피리 부는 취미에 맞춘 꾀가 들어맞은 것이었다.

융숭한 대접을 받고 잠자리로 물러나올 때 그녀는, 만일 나만 좋다면 며칠이라도 묵어가라고 말했다. 이렇게 쉽게 되다니. 나는 갑자기 하루의 피로가 덮치면서 잠이 몰려왔다. 나의 잠들어가는 의식속에 고귀한 웃음을 품은 왕녀의 얼굴이 떴다, 가라앉았다, 한다. 내가 벗겨내야 할 얼굴이.

바라문이라는 신분에, 피리라는 취미와 그보다도 왕녀의 거침없는 성격이 우리를 빨리 가깝게 했다. 나의 피리 가락에는 자부하고 있었으나, 왕녀의 그것도 더불어 즐길 만했다. 다만 이내 알 수 있는 것은, 이 왕녀가 고귀한 신분과 총명에도 불구하고 전혀 배움은 없다는 사실이었다.

나는 여태껏 이처럼 자유자재한 몸짓의 인간을 보지 못했다. 그녀의 마음과 얼굴은 하나였다. 마음이 웃는 것은 얼굴이 웃는 것이며, 얼굴 밑에 숨겨진 아무것도 없었다. 밤이 미지 때문에 신비하다면, 창창한 대낮은 그 너무나 투명한 폭로 때문에 오히려 신비한 것이 아닐까. 내가 밤이라면 그녀는 낮이었다. 그녀의 웃음과 이야기는, 거침없는 사람의 아름다움이었다. 혼돈을 모르는 데서 오는 힘이 넘치고 있었다. 그러한 그녀의 얼굴은, 한번 본 이래 나의 마음에 자리잡고, 무한한 뒤쫓음으로 나를 몰아넣고 있는, 저 브라마의 얼굴에 대한 쌍둥이꼴이었다.

나는 그 얼굴을 가질 때의 기쁨을 생각했다. 마침내 목표에 지척의 거리까지 다다른 것이다. 그러나 여기서 한 팔을 뻗치는 것은 아주 위험했다. 무모하다는 것이 낫다. 첩첩이 쌓인 적 중에서 적의 왕녀에게 해를 가한다는 건 있을 수 없는 일이었다. 그녀를 나라 밖으로 꾀어내는 일이 남은 일이었다. 나는 요즘 그녀의 점점 가까워오는 심정을 싸늘하게 재어보고 있었다. 어제 저녁 늦은 시각에 뜰을 거닐며 하던 그녀의 말이 생각난다.

"바라문은 환속할 수 없습니까?"

나는 그녀의 물음에 고개를 끄덕였다.

"있단 말씀이군요."

그녀는 잠깐 생각하는 듯하더니, 이내 옆에 있는 무화과 열매를 따서 연꽃으로 온통 뒤덮인 못 위에 던지고 던지고 하면서, 코끼리 이야기를 했다. 지금 그녀가 타고 다니는 코끼리가 몇 살이라는 것. 코끼리들은 사람의 마음을 다 꿰뚫어 알기 때문에, 자신이 없는 사람이 부리면 잘 따르지 않는다는 얘기. 자기가 늘 이상하게 생각하는 일은 그 큰 허우대에 비해서 그들은 대단히 소식가인데 왜 그런지 알 수 있느냐고 물어올 때, 나는 착잡한 마음으로 실소했다. 사람이 이렇게 어이없고 단순한 관심의 세계에서도 살 수 있다는 데 놀랐다.

가령 그녀에게, 누리에 넘친 아트만의 이법을 말한다 할지라도 통하지 않을 것을 알았다. 그녀의 영혼의 생김새는 그렇게 깊은 문제를 다루도록 만들어져 있지 않는 듯하였다. 영혼이 없는지도 몰랐다. 그녀가 가진 것은 얼굴뿐이 아니었을까. 내가 그녀에게서 얻을 수 있는 것은 그 얼굴뿐이라 생각했다. 그 얼굴을 뺏는 것. 뺏아서 나의 얼굴을 완성하는 도구가 되는 것만이, 그 여자가 할 수 있는 일이라 믿었다. 나는 마술사 부다가의 말에 따라, 어느 날 밤, 늘

하듯 뜰을 거니는 참에 잎이 무성한 보리수 그늘에서 그녀의 입술을 범하였다. 나는 바라문의 길을 버리고 환속하겠노라 말했다.

그녀와 갈라져 잠자리로 돌아온 후에, 끝내 잠을 이루지 못한 나는, 다시 뜰로 걸어나갔다. 나의 발길은 무심결에, 방금 아까까지 마가녀와 더불어 앉아 있던 그 자리로 향하고 있는 것을 다 와서야 깨달았다. 그 자리에 누군가 서 있는 기척을 느끼고, 잠시 발을 멈추었다.

"누구요?"

대답이 없다.

나는 긴장해서 잠시 그곳을 들여다본 후, 다시 걸음을 옮겨 걸치는 나뭇가지와 남은 잎사귀들을 젖히면서 걸어갔다.

"아 돌아가지 않고…"

뜻밖이었다. 마가녀 공주는 마치 이 자리에서 다시 만나기를 약속하기나 했던 사람처럼, 다소곳이 앉아 있을 뿐, 머리도 들지 않았다. 복잡한 마음의 실마리가 한꺼번에 뒤엉키는 대로 한다면, 그녀를 와락 끌어안고 싶었으나, 이런 때에도 자유스러운 동작에 오금을 박는 어떤 악랄한 것이 있었다. 말을 하여야 쓸데없는 줄을 깨닫고, 또 할 말도 떠오르지 않았다.

그녀의 앞으로 다가가 멈춰 섰다. 달이 이미 기울어진 때여서, 더군다나 우리의 둘레에 엉키고 덮인 수목과 키 높은 꽃나무들 때문에, 아까 처음에 기척을 느꼈을 때에도 그녀를 알아보지는 못했던 것이다. 늘 아찔한 멀미를 느끼며 그녀의 얼굴을 대해온 나에게는, 여태껏 마가녀는 곧 얼굴이었으며, 그 팔과 다리와 몸뚱이를 마음에 둔 적은 없었다. 지금, 짙은 어둠 속에서 보는 그녀는, 얼굴을 가려 볼 수 없고, 다만 사람 크기의 부드러운 그림자의 덩어리였다. 지금의 그녀를 의식하는 것은, 시각으로는 불가능한 일이었다.

나는 두 손바닥으로 그녀의 턱을 받쳐서 위로 향하게 했다. 얼굴이 있을 데가 알릴락말락 보얀 원을 이루었을 뿐 '그녀의 얼굴'을 볼 수는 없었다. 나는 어둠 속에서 눈을 흡뜨고 얼굴을 찾았으나 헛수고였다. 분명히 손아귀에 받들고 있는 물체를 눈으로 볼 수 없다는 일이, 무언가 참을 수 없는 조바심을 자아냈다. 그 느낌은 왜 그런지, 노여움에 가까운 것이었다. 나는 거칠게 그녀를 껴안았다. 그래도 왕녀는 여전히 뿌리치지도 않고, 그저 고스란히 몸과 마음의 침묵을 지킬 뿐이었다. 나는 양팔에 든 그녀를 좌우로 뒤채며 이름을 불렀다. 그래도 반응이 없었다. 안고 있는 몸이 전하는 따뜻한 기운을 느끼자, 한꺼번에 몸 속을 몰아치는 욕망의 바람이 지나갔다. 얼굴도 볼 수 없고, 말도 없는, 이 따뜻하고 부드러운 덩어리는, 그 속으로 들어가지 못할 물체가 일으키는 짜증을 부른 것이었다.

나는 마가녀에게서 어떤 저항을 느껴본 적은 없었다. 그녀는 투명 자체이며, 그 투명성이 낮의 빽빽한 투명성처럼 오히려 미지의 신비를 자아낸다고 생각하긴 했으나, 그렇다고 이쪽의 침투를 밀어내는 것이라곤 여기지 않았으며, 오히려 나 자신의 자아가 마음대로 개척할 수 있는 무기(無記)의 빈칸이라고 믿어왔다. 그런 탓으로, 그녀 자신을 인격으로 대하는 대신, 그녀에게 바치는 자기 자신을 상대해왔던 것이다. 비록 그녀가 나의 말에 응답한다손 치더라도, 그 말은, 내가 던진 말의 메아리였다.

지금 얼굴도 보이지 않고, 말도 없는 마가녀는, 나로서는 모든 공격의 수단이 거부된 튼튼한 요새였다. 나는 이런 사태가 나 자신의 문제와 얼마나 깊게 얽혀 있는가를 미처 생각 못하고 있었다. 그저, 더욱 도가 거세어가는 짜증과 노여움이 있었다.

확실히 손아귀에 잡았다고 생각했던 물건이, 뜻밖에 엄연한 자기의 존재를 주장한 데서 온 일방적인 감정이었다. 그런 감정은 이 경우 욕정으로 표현을 얻고 있었다. 나는 마가녀의 입술을 미친 듯 찾았다. 입술에도 감각이 없는 듯 했다. 열렬히 되받는 입술이 아니고, 여전히 의사 표시를 버린 입술. 무서운 욕망의 불길이 누를 수 없이 몸을 불태웠다.

그때.

여럿이 떠들면서 이편으로 오는 기척이 났다. 왕녀의 시녀들이었다. 마가녀는 또 한 번 나를 배반했다.

"인제 오느냐. 지금 막 돌아가려던 참인데."

그녀의 소리가 귓속에서 우렛소리처럼 울렸다. 나는 그녀를 안았던 팔을 풀었다. 자연히 왕녀와 손을 맞추기나 하듯, 소리를 죽이는 나 자신의 동작이 나를 슬프게 했다. 귀를 기울여 그들이 돌아가는 발자취 소리를 들으면서, 닭 쫓던 개 같은 느낌이 나를 괴롭혔다. 만일 왕녀가 부르지 않았다면, 시녀들은 이 어둠 속에서 그들을 찾아 내지는 못했으리라. 그녀는 나를 사랑하지 않고 있었던가? 이런 생각을 하다가, 나는 적이 놀랐다. 그녀와의 사이는 오로지 계략에 불과한 것이 아니었던가. 흉내를 내고 있을 뿐이었을 터였다. 하긴 나의 목적이 이루어지려면 그녀의 마음만은 정말이어야 한다.

그러나 지금 내가 문득 그녀는 나를 사랑한 것이 아니었

던가? 하고 생각한 것은, 내 계획에 대한 걱정에서 나온 순
전히 타산적인 뜻에서만은 아니었기 때문에 나를 놀라게
했다. 그녀의 알 수 없는 침묵과, 시녀들에게 기척을 내어
마지막 대목에서 몸을 뺀 일은, 나를 두 가지로 괴롭혔다.
왕녀가 나에게 열중하지 않고 있는 증거라면 나의 지금까
지 쌓아온 노력은 허탕이 될 뿐더러, 위험까지도 닥칠 염려
가 있다는 걱정 때문이었다.

　다른 한 가지에 대하여 나는 못 본 체하려 들었다. 나는
좀더 악랄해져야 한다. 생각할 틈을 줄 때, 나는 그녀를 잃
을 것이다. 그녀는 지금 무언가 생각하고 있다. 위험한 일
이다. 또 그녀의 얼굴이 저 생각의 흉한 그림자를 지니게
하는 것도 안 될 말이다. 내 연기가 부족했다면, 더 잘된 연
기를 보여야 한다. 내가 그녀를 사랑하는 것이 목적이 아닌
바에는 아무리 진실에 가까운 사랑의 연기를 한다손 치더
라도 조금도 부끄러울 것이 없다.

　이튿날 나는 아프다는 핑계로 종일 누워서 지냈다. 핑계
로 누운 것이었지만, 몸과 마음이 몹시 지쳐 있는 것도 사
실이었다. 잠을 청하였지만 생각은 구름처럼 일어, 오정쯤
됐을 때는, 더 누워 있을 수 없었다. 나는 부다가를 시켜서
왕녀가 궁 안에 있는지 알아보게 했다. 부다가는 돌아와서,

마가녀 공주는 아침 일찍부터 조련장에 나갔다 한다. 그 말이 또 나를 때렸다. 지난 밤 그런 일이 있었다면 오늘 하루쯤은 자기 방에서 번민의 시간을 가지는 것이, 사랑하는 여인의 통상이 아닐까 생각할 때, 나는 새삼 그녀의 마음속에 어느 만큼이나 한 영토를 얻는 데 성공했던가, 의심할 수밖에 없었다. 높은 천장과 방의 넓이에도 불구하고, 답답하고 무거웠다. 나는 부다가를 데리고 조련장으로 나갔다. 우리의 모습을 보고 코끼를 몰아온 그녀의 얼굴을 보자, 나는 또 한 번 의아한 마음을 누르지 못하였다. 어젯밤 일을 까맣게 잊은 듯한 무심한 얼굴.

그녀와 같이 탄 코끼리의 잔등에서 둘러보았을 때, 시야에 들어온 것은 육중한 잿빛 물체들이 치열히 움직이는 물결이었다. 집채만한 몸뚱이가 땀과 기름에 번들거리며, 뜨거운 햇살 아래 거센 숨을 내뿜으며 치닫는 먼지 바람 속에서, 나는 짐승들의 훅훅 끼치는 살냄새에 현기증이 났다. 나는 왕녀를 보았다. 그녀의 눈빛은 뜨거운 흥분으로 빛나고 있는 이런 때에도, 더욱 맑았다. 수백 마리의 육체가 흐느끼는 이 장대한 운동의 마당에서도, 나의 관심은, 이런 분방한 운동의 초점에 몸을 둔 한 인간의 얼굴이 보여주는, 놀라운 무잡성(無雜性)에 있었다. 저런 얼굴. 브라마의 이

법에 아랑곳없이 살아온 이 여인이 눈앞에서 보여주는 얼굴은, 나에게 치욕을 느끼게 했다.

나는 발버둥쳤다. 이 빛나는 얼굴은 그녀의 공이 아니다. 애쓰지 않은 완성은 그것 스스로는 값없는 것이다. 그것은 완성이 아니라 출발하지 않은 것이다. 바라문의 전통인 구도 정신의 고귀함을 믿고, 인간이란 오직 그 길을 거쳐서만 아트만을 내 것으로 만들 수 있다고 배워온 나에게는, 그녀의 얼굴에 반하면 할수록 그 얼굴의 임자를 낮춰보려 애썼다.

어느 날 밤 우리는, 관목이 우거진 속에 파묻힌 정자 속에 앉아 있었다. 신명이 나서 혼자서 말하고 있던 왕녀가 말을 뚝 그치며 나를 쳐다보았다.

"바라문, 언제나 이야기하는 건 저뿐, 당신은 듣고만 계십니다."

갑자기 들이대는 그 말에 나는 당황했다. 늘 거짓의 몸짓을 짓다보니 어느덧 그런 몫을 맡고 있었던가. 진실을 말할 수 없다면, 침묵이란, 최소한의 예의였는지 모른다. 또 이 여인과 더불어 열을 올릴 수 있는 화제가 대체 무엇일까. 그 많은 사람들이 쉴새 없이 죽을 때까지 떠드는 말의 부피가, 나에게는 어리석어 보였다. 정녕 어쩌지 못하여 내는 말이 그렇게 많을 수 있을는지를 의심해 왔다.

"별로… 나는 왕녀의 이야기를 듣고 있으면 재미있을 뿐이죠."

정말이다. 나는 자기가 진정한 감정 표시를 한 사실을 느낀다.

"제 이야기가요? 정말일까?"

마가녀 공주는 두 손을 모아잡고 적이 행복한 낯을 지었다. 그렇다 여인이여, 너의 이야기를 듣고 있으면, 그 자질구레한 일상의 일에 대한 진술 속에서, 나는 어떤 해방감을 느끼는 거다. 굉장히 부지런한 사람이 게으른 사람을 보고 숨이 열리듯이. 여인이여 네 말이 옳다. 자꾸 이야기 해다오.

"정말입니다, 왕녀. 당신의 이야기를 듣고 있으면 나에게는 모든 것이 다 잊혀집니다."

이번도 진실이다. 너의 밝은 다변으로 나의 탈을 벗겨줄 수 있느냐. 허심탄회 코끼리의 소식(小食)에 맞장구를 칠 수 있는 사람을 만들어줄 수 있느냐.

"그렇지만 저는 아무것도 아는 것이 없어서 바라문처럼 학문이 높은 분하고도 코끼리 얘기밖에는 늘 하는 것이 없고, 그 생각이 지금 퍼뜩 들었어요."

아니다. 아니다. 내가 거기 끌리는 줄을 모르느냐.

"마가녀. 사람이란 깨끗해질수록 이야기의 내용이 간결해지는 법이오. 말이란 간결할수록 좋고 어려운 이야기란 안 해도 된다면 안 할수록 좋은 것입니다."

이것도 틀림없는 진실이다. 얼굴도 그렇다. 얼굴…

"바라문 당신은 정말 나를 사랑하는 것입니까?"

이건 또 무슨 소린가. 이 여자의 마음속에 무슨 그늘이 지기 시작했는가. 사랑이 그녀에게 의심을 가르쳐주었는가.

"마가녀 의심하면 행복은 달아납니다."

옳다. 이런 적당한 말을 재빨리 생각해내다니.

"그래도. 웬일일까요. 자꾸 무언지 두려워져요."

나는 일어서서 그녀의 앞에 섰다. 그녀는 얼굴을 들어 나를 쳐다보았다. 살눈썹이 젖어 있었다. 나는 거기서 인간이 사랑할 때의 얼굴을 보는 대신. 또 한 번 틀림없는 목표를 확인했다고 믿었다. 이 얼굴만이 필요했다.

"마가녀 나를 사랑합니까?"

대답 대신에 꽃망울이 열리면서 이슬이 밀려나오듯 거침없이 눈물이 흘러내린다.

"그렇다면 나를 위해서 모든 것을 버릴 수 있겠습니까?"

"모든 것을!"

"부모와 나라까지도?"

"네, 부모까지도?"

단순한 동물이여. 너의 지금 나이에 부모란 벌써 가장 가까운 사람들의 자리에서 물러나야 한다는 것을 모르느냐. 하물며 왕국이랴.

"그렇습니다. 부모까지도."

나는, 그녀의 어깨에 얹었던 손을 내리며, 한 발 물러섰다.

"바라문. 그 사람들을 버리지 않고 우리가 행복할 수 있는 길은 없습니까?"

"없습니다. 당신은 둘 중의 하나를 고를 수 있을 뿐입니다. 망설이면 행복은 지나갑니다. 망설이면 코끼리들이 헝클어지듯이."

"오 그렇습니다."

나는 조급히 굴지 않고, 늦추지도 않았다. 먹이를 던지고 지켜볼 뿐이었다.

"우리가 같이 살면 행복할 것 같습니까? 마가녀 공주."

"바라문, 더할 수 없이 행복할 것 같아요."

"그래도 그들을 버릴 수 없습니까?"

갑자기, 나뭇가지 사이로 달빛이 바로 흘러들었다.

마가녀의 눈에는 벌써 눈물이 없었다.

그녀는 결심한 것이다.

뻥갈 벌판의 하늘에는 백금 도가니를 닮은 태양이 지글 지글 타고 있었다.

싸움의 대세는 이미 드러나 있었다.

다비라군의 코끼리 부대는, 그래도 처음에는, 줄을 지어 가바나군을 짓밟아왔다. 계략대로 나뭇가지에 붙인 무수한 유황불이 던져지자, 걷잡을 수 없는 혼란이 동물들 사이에 일어났다. 지리멸렬이 된 채 날뛰는 거상군은, 몸에 엉켜붙은 뜨거운 유황덩이를 뿌리칠 생각으로 거대한 몸을 뒤채이며 일제히 방향을 돌렸다. 그 힘은 무엇으로서도 막을 것 같지 않았다. 다음에는 저항 없는 일방적인 사냥이나 다름 없었다. 싸움이란 그런 것이다. 해가 들판의 저편으로 떨어졌을 때는, 이미 싸움은 끝나고, 왕과 장군들의 천막을 둘러싸고 벌판에는 불기둥이 줄 느런히 일어났다. 이긴 가바나군이 피우는 모닥불이었다.

낮의 싸움에서 나의 행동은 전군의 사기를 돋우는 가장 큰 힘이었다. 왕과 장군들이 보내는 치하 속에서 나는 다만 우두커니 아래를 보고 섰을 뿐이었다. 어느 장군은 나를 가리켜, 전인도 제일의 용사라고 불렸다. 손꼽는 다비라군의 장수가 내 칼 아래 쓰러진 수가, 열 명을 넘을 것이라고 그는 말했다. 용맹이 아니라 목숨이 귀찮아서 아무렇게나 움직이는 사람만이 가지는 허무한 난폭성이 있었으나, 이 살벌한 행동의 마당에서 그런 미묘한 심리적 굴곡을 알아본 사람이 없었다. 드디어 내가 두려워하면서 기다리던 일이 일어났다. 참패한 다비라 국왕과 왕비가 부왕 앞에 끌려온 것이다. 왕비와 눈길을 마주치는 순간 나는 고개를 숙여버렸다. 그녀의 얼굴이, 살아 있었을 때의 왕녀 마가녀와 너무도 닮은 때문이었으며, 다음에는 나를 알아본 왕비의 눈빛 때문이었다.

나는 부왕 앞으로 조용히 걸어나갔다.

"대왕. 오늘 싸움에 이긴 원인이 천분의 일이라도, 만일, 저에게 있다고 하신 아까의 말씀이 참말씀이라면, 간곡한 청을 하나 들어 주십시오."

부왕은 만족스런 얼굴로 나를 바라보았다.

"좋고말고. 오늘 싸움의 으뜸 공을 세운 자의 청, 못 들어 줄 일이 무엇인가? 말하라."

"다비라 국왕과 그 왕후의 목숨을 살려주십시오. 이것이 청입니다."

부왕을 비롯하여 늘어선 사람들이 조용한 채 아무 말도 없었다. 나는 부왕을 바라보았다. 나는 다시 한 번 간청했다.

"싸움에 공이 있는 자의 청은 들어주는 것이 법도입니다. 그들에게 제가 많은 은혜를 입은 바 있습니다. 굳이 소원합니다."

말이 없던 부왕은, 자리에서 일어나면서, 높은 소리로 외치듯 말했다.

"왕자의 청을 들어주노라. 쓸데없는 살생을 피함은 왕자의 덕이로다. 다비라 국왕과 왕후를 손님으로 모셔라."

말을 맺고 부왕은, 다음 천막에 마련된 잔치 자리로 부장들을 거느리고 옮아갔다. 이윽고 떠들썩한 환성과, 악기의 드높은 가락이 터질 듯 일어났다.

그 무렵 나는 서울을 향하여 달리고 있었다. 마치, 한때 육체의 열반에서 허무를 느꼈던 것처럼, 전쟁의 흥분도 허무를 메우지 못하는 것을 나는 마지막으로 알았다. 싸움이 끝났을 때, 나는, 천막으로 돌아와서 거울을 들여다보았다. 짐승이 보였다. 휘번뜩이는 눈과 부푼 콧구멍과, 더 한층 거짓이 짙게 새겨진 그 탈이 더욱 흉하게 그곳에 어리어 있었다.

달리는 말 위에서 나는 눈을 감았다. 감은 눈 속에 살아 있던 때의 마가녀 공주의 얼굴이, 환히 떠올랐다. 쟁반에 담겨왔던 그녀의 얼굴은 웃고 있었다. 그때까지도 나는, 모진 마음이 허물어지지 않았다고 생각했다. 드디어 바람이 이루어지는 기쁨에 목이 메어 있는 것이라고, 내 가슴의 격동을 자신에게 일러줬었다. 그 얼굴을 아주 제가 가지는 것으로 그녀에 대한 사람으로서의 빚을 넉넉히 갚을 수 있다고 다짐하려 들었다. 그 얼굴을 쓴 순간의 기쁨과 두려움.

그리고 떨리는 손으로 다시 그 얼굴을 당겼을 때, 힘없이 손을 따라 묻어나온 얼굴을 두 손바닥에 받았을 때, 내게는 모든 것이 마침내 끝났던 것이다.

머리를 곱게 빗고 금방 부스스 눈을 뜰 듯이 웃음 띤 그 얼굴은, 목숨을 모독당한 그 자리에서까지도 끊임없이 소리없는 사랑을 호소하고 있는, 사람 얼굴의 모양을 하고 쟁반에 담겨진 사랑의 모형이었다. 나는 오늘 싸움에서 죽기를 바랐다. 그러나 나는 죽지 못하고 다시 한 번 흥분 뒤에 오는 덩그런 허전함을 겪었다. 이제는 스스로 죽는 길만이 남아 있었다. 죽기 전에 한 가지 할 일이 있었다. 그 일을 마치려고 나는 서울로 달리고 있었다.

마술사 부다가의 집에 닿았을 때는 새벽이 가까웠다.

나는 말에서 내려 문을 두드렸다.

한참 만에, 문이 열리며, 등불을 한 손에 든 부다가의 모습이 문간에 나타났다. 나는 말없이 집 안으로 들어서서 뒤에 남아 빗장을 잠그는 부다가를 기다리지 않고 '얼굴의 방'으로 걸어갔다. 기다란 복도에는 아직 바깥의 흐릿한 새벽빛이 들어오지 못하고 있었다.

나는 문을 열고 방에 들어섰다. 전혀 앞이 안 보이게 캄캄하였다. 나는 마가녀의 얼굴이 놓였을 자리를 어림하여 눈을 돌렸다. 부다가가 걸어오는 소리가 들린다. 그가 문을 열면 그 손에 들린 횃불이 말없는 얼굴들을 대뜸 밝혀줄 게다.

나는 마루에 풀썩 무릎을 꿇며 두 손으로 낯을 가렸다. 처음으로, 이 많은 얼굴들에 대한 공포가 덮쳐들었다. 나는 죄어드는 가슴과 찢어질 듯한 머리의 아픔 때문에 신음했다. 방안에 부다가가 들어서는 기척이 나고, 낯을 가린 내 손가락 사이로 붉은 기운이 흘러들었다.

나는 오래 그런대로 앉아서 두려운 듯이 조금씩 손을 아래로 물러 내리다가, 홱 손을 떼버리며 앞을 바라보았다. 행여나 사라졌을까한, 턱없는 내 바람에 아랑곳없이 바로 앞에는 시렁의 맨 마지막 자리에서 마가녀 공주의 얼굴이 웃고 있었다. 나는 고개를 돌려 얼굴들을 차례로 훑어보았다. 모든 얼굴이 금세 눈을 뜨고 "여보시오!"하면서 말을 걸어올 것 같다. 나는 낯을 가리며 신음했다. 내 등 뒤에서 마술사 부다가의 말소리가 들려왔다.

"왕자, 후회하십니까?"

나는 벌떡 일어나며 부르짖었다.

"후회한다…"

나는 숨을 모으기 위하여 잠깐 말을 끊었다.

"내 탈을 벗지 못해도 좋다. 영원히 깨닫지 못한 채 저주스런 탈을 쓰고 살아도 좋다. 만일 이 끔찍한 일을 하지만 않았다면, 이 죄만 없어진다면…"

나는 칼을 뽑아들고 마술사 부다가에게 달려들다가, 문득 그 자리에 서버렸다.

부다가는 손에 든 횃불을 왕녀 마가녀의 얼굴에 바싹 들이댄 것이다.

어찌 된 일일까? 그 얼굴은 금세 얼음 녹듯 철철 녹아버려 그 뒤에 받친 틀과 더불어 질펀히 괸 촛물이 되고 말았다. 부다가는 그 다음 얼굴도, 또 그 다음도, 돌아가면서, 방안에 있는 모든 얼굴을 모조리 녹이고 있다.

처음에 나의 머릿속에서 불덩이가 어지럽고 뜨겁게 맴돌아가다가, 마술사 부다가가 일을 거의 끝낼 무렵에는, 그

덩어리에 한 표현을 주고 있었다.

'가짜, 가짜였구나!'

그 생각은 입으로 흘러나왔다. 부다가는 천천히 이편을
바라보았다.

"그렇소 왕자. 이 얼굴들은 모두 가짜요. 아교와 초로 잘
만든 탈 바가지들이오."

나는 짐승 소리를 질렀다.

"저기를 보시오."

마술사 부다가가 가리키는 쪽 문이 열리고, 왕녀 마가녀
가 두 팔을 벌리며 걸어 들어오고 있었다.

상상을 벗어난 일에 얼이 빠진 나는 떨리는 손으로 왕녀
의 따뜻한 몸을 자꾸 쓸어보았다. 그녀의 목에 걸린 눈익은
진주 목걸이를 몇 번이나 만져보았다. 그러다가 퍼뜩 마술
사 부다가 쪽으로 몸을 돌렸다.

"오 당신은…"

내 말과 동시에 우리 두 사람의 눈 앞에서, 허리가 꾸부
정하던 마술사 부다가는, 처음에 옛 스승 사리감으로 모습
이 바뀌고 다시 변신하여 저 그림 속에서 본 브라마의 신으
로 바뀌었다.

"왕자 다문고. 너의 한마디가 너의 업(業)을 치웠다. 탈은

벗겨졌다."

나는 발 밑에 떨어진 것을 보았다. 흉하게 일그러진, 주름으로 얽히고, 떨어지면서 비틀려 오그라진 나 자신의 업의 탈을.

민은 눈을 떴다.

의식을 되찾은 것을 보자, 코밑수염은 그의 어깨를 부축해 일으키면서 "오 이번에는 정말 곤히 주무시더군. 좋은 꿈 보셨는지, 웃음을 지으시더니."

"아닙니다. 아무 꿈도…"

민은 옆방에 기다리게 한 정임을 생각하고, 침대에서 내려섰다. 공연이 끝난 후 한 달이 지난 어느 날 오후였다.

그들은 이 근처로 지나가다 정임의 호기심을 풀어주느라고 들렀던 것이다. 그가 시술받고 독백하는 동안에, 옆방에서는 오늘 이야기와 함께 먼저 녹음한 것까지도 정임이가 모조리 들은 일을 그는 알지 못하였다. 본인도 모르는 '더 깊은 그' 자신의 소리를, 그의 여인이 다소곳이 빼지 않고 들었다.

"한동안 신세질 일이 없을 것 같습니다."

민의 말에 코밑수염은 천만에 천만에를 해보였다.

"그건 우리가 바라는 바입니다. 부디."

코밑수염은 추위에 떠는 어린애 손을 녹여주듯 그의 손을 자기의 두 손바닥 사이에 한참이나 품었다.

서로 외투의 어깨를 비비며 문을 나서는 두 사람을 문틈으로 내다보고 있던 옆방의 도청자들은, 그들의 모습이 문 밖으로 아주 사라지자, 조용히 응접실로 밀려나왔다.

오랫동안 그들은 감동을 지그시 즐기고 있는 사람들처럼 부드러운 웃음을 지으며 담배를 피울 뿐, 말이 없었다.

대머리가 벗어지고 무테 안경을 쓴 신사가, 코밑수염을 건너다보며 생각난 듯이 말했다.

"내일 안으로 복사한 녹음을 뉴욕으로 보내시오. 케이스에 대한 해설과 함께."

"결론은 그대로 둡니까?

"그러면?"

"본 케이스는 청년기의 보상 의식이 나타남으로써, '싸움에 다녀온 젊은이들이 그 동안의 공백기간을 무엇인가 값있는 어떤 것을 빨리 얻음으로써 메워보려는 정신 현상의 하나임.' 이 대목 말입니다."

"그 대목에 약간 불만이 있으시다 그런 얘긴가요?"

"이를테면… 모든 사람의 정신 활동을 이처럼 환경과 그에 대한 '대응'의 두 가지로 나누어버리면 결국은 인간을 해체한다는 거나 다름이 없지 않을까 하는 생각입니다. 제일 과학적인 방법으로 인간을 연구한다는 노력이 마지막에는 인간의 파편을 한아름 얻었을 뿐, 살아 있는 인간은 잃어버리는 결과가 된다는 건, 방법론 자체에 커다란 모순이 있는 것으로 여겨집니다. '환경' '대응' 그리고 제 3의 요소가 필요합니다. '꿈'이랄지, '명예'랄지. 물리학은 환경과 반작용으로 충분히 세계를 설명하지요. 그러나 인간을 설명할 때는 또 하나 제 3의 계기가 반드시 필요하지 않을까요? 그렇지 않고서야 운동과 행위를 구별할 수 없지요."

"찬성입니다. 동시에 불찬성입니다. 찬성이란 건 서양식 학문이 방법론상으로 결함이 있다는 걸 시인하는 뜻에서 그렇고, 불찬성이란, 귀하가 우리 협회의 뜻을 잘못 아신데서 그렇습니다. 우리는 철학을 하려고 모인 게 아닙니다. 사람의 행위에 가치론의 메스를 대려는게 아니지요. 그런 기도는 너무도 많았고, 또 다른 사람들의 손에 의해서 앞으로 얼마든지 계획이 될 겁니다. 우리는 영혼의 생태학을 수립하기 위한 기초적인 법칙을 세우기 위해서 자료를 모으는 일입니다. 케이스에 대한 개별적인 감동이라든지, 그런 것에 유혹돼서는 안 될 줄로 압니다. 해부학자가 실험용 동물에게 불교도의 자비심을 베푼다면 그는 다지요. 학문에 감상이 섞여서야 될 말인가요? 우리는 인정이 너무 많아서 망한 거지요. 자기를 속이는 인정이…"

코밑수염은 손바닥으로 머리를 때리며 단단히 코를 떼었다는 시늉을 호들갑스레 몸짓으로 나타냈다.

"지금까지는 지부 책임자로서의 공식적인 말입니다. 그 소위 '제3의 계기'에 대해서는 이런 방법으로 전폭적인 지지를 나타내고자 합니다."

대머리는 이렇게 말하며, 찬장에서 한 병의 양주와 사람 수대로 글라스를 꺼내, 회원에게 죽 부어놓고 선창했다.

"다문고 왕자를 기념하여."

높이 들린 글라스 속 불그무레한 액체가 희미한 형광등 빛을 번쩍, 되비쳤다.

재발견하는 한국 모더니즘 소설

최인훈 vs 이태동

구술정리 · 이정은

재발견하는 한국 모더니즘 소설

이태동 저에게 최인훈 선생님은 언제나 한국 문단에서 가장 탁월하고 지적인 예술가이십니다. 10년 전에 만나 뵈옵고 이렇게 처음 선생님의 수준 높은 예술 작품에 대해 몇 가지 물음을 갖게 된 것을 영광으로 생각합니다.

「가면고」는 1960년 7월 「광장」보다 먼저 발표하실 정도로 선생님께서 애착을 가진 작품으로 알고 있습니다. 그러나 이것은 전 작품보다 난해해서 일반 대중들로부터 크게 환영을 받지 못한 것으로 알고 있습니다. 그것의 근본 원인은 소설의 구성이 전위적이고 주제 및 소재가 일반 대중들이 탐닉하고 있는 보통적인 리얼리즘이 아니기 때문이라고 추측해 봅니다.

그런데 왜 이 소설의 구성 방법으로 전통적 기법이 아닌

'의식의 흐름'과 알레고리(寓意) 등을 혼합한 '몽타쥬 방법'을 사용하셨는지요? 혹시 심리적인 현실을 다루어야만 하셨기 때문이었습니까? 「가면고」의 주인공인 민이 인간이 쓰고 있는 탈을 벗기 위해 심령연구소(The Psychic Society)를 찾아가서 마술의 힘을 빌려 꿈을 실험하게 된 것은 상상력으로 이해되겠지만, 미국 작가 호손도 「라파치니의 딸」에서 이와 유사한 방법인 알레고리를 사용해서 큰 성공을 거두었습니다.

최인훈 「가면고」는 전통적인 윤리질서와 정치적 합리성을 현실에서 발견하지 못한 의식이 정신의 실험실에서 그것들을 탐구해본 사고실험으로 쓴 작품입니다. 또 전통적인 가치체계가 유효해 보이지 않는 세계에서, 전통적 서술방법이 부자연스러워보였기 때문이었을 겁니다.

전통적인 기법을 왜 취하지 않았느냐는 질문에 대답을 하기 위해서 우선 제 개인적인 경험부터 말씀드릴까 합니다.

제 처녀작은 서울법대 재학중 1학년 여름부터 겨울방학에 걸쳐 쓴 「두만강」이라는 소설인데, 이 작품에 나타나는 수법은 「가면고」와는 전혀 상관없는 서사형식을 취하고 있습니다.

이 소설은 두만강 옆에 위치한 제 고향 회령을 보통사람들의 이야기로 다뤘는데 그곳은 12~3세까지, 유년시절의 기억 대부분을 차지한 곳입니다. 그 기억을 테마로 두만강 변의 조그마한 읍에서 살던 인물이 역사의 흐름에 휘말려 여러 사건을 겪는 스토리를 통해 메시지를 전달하려고 했습니다.

다시 말해, 사회 속에서 개인 각각의 역할들을 움직여 가면서 실존의 이야기를 하는 형식이라 보면 되겠습니다. 그야말로 문자 그대로의, 넓은 의미에서의 자연주의라고나 할까요, 일종의 리얼리즘적인 소설이었죠. 어떻게 보면 지극히 평범한 이야기이기 때문에, 당시 한국문단에는 시비거리가 없는 모범소설을 쓴 셈이기도 합니다.

소설을 쓰기로 결심하고 시작할 때만 하더라도 소설의 끝 장면까지 번호순으로 장면이 다 구성되어 있을 정도로 할 이야기가 많았습니다. 그런데 이야기를 발전시키다보니 12~3세의 소년의 눈으로 본 것, 즉 어린시절 기억만으로는 이야기가 요구하는 전개를 진행하기 어려웠습니다. 한마디로 소설을 쓰는데 한계점에 이른 거죠. 사실 이러한 대하소설은 7~80살 정도의 연륜이 쌓여야 쓸 수 있는 이야기인데 겁 없이 대학교 1학년에 불과한 스무 살의 청년이 시도를 했으니 무모하다면 무모한 일이었다고 말씀드릴 수 있습니다.

그 이후 저는 대학을 휴학하고 군에 입대해 1959년『자유문학』에 기고하면서 문단에 데뷔했습니다. 처녀작「두만강」을 쓰다가 더 이상 작품을 밀고나갈 자신이 없어졌기에 긴 휴식기 동안 책도 더 보고, 생각도 더 해보면서 시간을 보냈습니다. 그러다 보니 소설에 대한 생각이 달라졌는데, 이를테면「가면고」와 같이 내면의식의 흐름을 다루는, 자기분열적인 구성의 경향을 띤 글쓰기가 나에게는 더 심각하고 소설다운 것이라는 생각이 들었습니다.

이태동 혹「가면고」가 취하는 소설 구성, 즉 아방가르드 (avant garde)적인 구성을 형성하는데 있어 영향을 받은 작가나 책이 있습니까? 저는 처음 보는 순간 N. 호손의「라파치니의 딸」이 생각났습니다.

최인훈 다양한 책을 봤기 때문에 딱히 특정 누구라고 떠오르지는 않습니다. 굳이 영문학에서 찾는다면, R. 스티븐슨의「지킬 박사와 하이드」라던지 오스카 와일드의「도리언 그레이의 초상」, 아니면 애드가 앨런 포우의 소설처럼「가면고」의 구성과 소설에서 취하는 기법적인 측면에서 비슷한 점이 있어요. 이를테면, 이 작품에 등장하는 최면 전생

시술과 같은 유사점이나 연관성을 찾을 수 있겠습니다.

제가 방금 열거한 작가들은 당시 문학사조였던 리얼리즘이라는 시대에 한발 앞서나간 참신하게 다양한 시도를 감행한 소설가들입니다.

특히 애드가 앨런 포우는 '역사와 거의 밀착해서 별스럽지 않은 평범한 것을 붙잡고 있는 것이 가장 좋은 소설이다' 라는 일반적인 생각이 강했던 시절, 산문작가들도 시 못지 않은 신비하고 심오한 것들을 얼마든지 소설로 풀어낼 수 있다는 것을 보여주었기에 인상 깊었습니다.

이태동 이 작품을 쓰실 때, 당시 김동리나 황순원 식의 리얼리즘을 표방한 전통소설이 한국문단을 지배했을 시기인데, 이러한 작품을 내 놓았을 때 문단에 지적이자, 문화적인 충격이 대단했을 것 같습니다. 「가면고」는 지금 읽어봐도 어느 하나 어색할 것 없는 작품입니다. 마치 솔기를 한 땀 한 땀 이어가는 것처럼 작품의 구성이나 소재상에서 어색한 점이나 세월의 흐름을 찾아볼 수 없었거든요.

최인훈 작품을 쓸 당시에는 '마음대로 쓰자' 는 소박한 열정과 확신이 있었습니다. 제가 쓰고나서도 스스로 흡족해했던 소설입니다. '이렇게 쓰면 혹시 문단에 당돌하다, 엉뚱하다는 소리를 듣지 않을까' 하는 염려 없이 하고 싶었던 이야기를 마음껏 풀어냈다는 의미에서 흡족하다 할 수 있겠습니다.

이태동 선생님도 제임스 조이스나 버지니아 울프 같은 영국의 모더니스트들과 같이 외부적인 역사적 현실만이 현실이 아니라 의식적이거나 무의식적인 심리적 현상도 부정할 수 없는 현실이라고 생각하십니까? 버지니아 울프의 경우 내면이 어떻게 현실이 아닐 수 있는가, 엄연히 있는 것을 없다고 하는 건 얼토당토하지도 않은 이야기라는 말을 한 바 있습니다.

최인훈 그렇습니다. 이른바 외부적인 역사적 현실도 그것이 자연이 아닌 이상 모두 인간의식과의 상관물입니다.

외부현실이라는 것이 산천초목을 말하는 것이 아니라 인간사 그리고 사회를 말하는 것이라면 그 내부현실이라는 것도 인간의 현실인 바에는 틀림이 없습니다.

모더니즘이라는 것이 인간의 의식을 얼마나 많이 묘사하느냐에 달려 있는 것일 수도 있지만 기본적으로는 의식과 무의식을 기저로 해서 발현되는 것이 인간의 행위가 아니겠는가 봅니다.

이태동 선생님은 이 작품에서 서사(敍事)보다 관념과 비전을 중심으로 사건을 전개해 나가셨는데요, 근본적인 이유는 무엇입니까? 예를 들면 선생님이 이 작품을 전개해 나갈 때 작품 전반부에 6·25전쟁 경험을 약간 언급하지 않으셨습니까. 전쟁이라는 처참한 상황을 상상력으로 재구성하는 과정에서 당시 다른 작가들이라면 아마 전쟁에서 발생하는 사건이나 갈등들을 중점으로 이야기를 전개시켰을 겁니다. 하지만 이를 생략한 채 상상력이라던지 관념, 즉 비전을 중점으로 구성했던 점이 인상적이었습니다.

최인훈 문학창조를 사고실험이라고 생각하기 때문입니다. 한편 다른 종류의 사고실험(현실적 모험, 과학연구)과의 종차(種差)가 무엇인가를 연구하는 것이 문학이론의 영역이라고 생각합니다. 이걸 등식화하면 상상이라는 원심분리기 → 의식의 시원형태인 상상의 활용, 최대효율의 분리기 = 예술행위, 우연이 배제된 필연만의 결정, 운율의 의미 – 필연의 문양, 산문 – 우연의 잔유 = 현실과의 관계통로의 보존, 이렇게 됩니다.

물론 제가 생각하기에 그런 방식, 즉 관념과 비전을 중심으로 사건을 전개해가는 것이 문학적인 질량을 높인다고 생각해서 의도적으로 그렇게 한 것이긴 합니다.

문학창작이라는 것을 뭐라고 생각하느냐의 질문의 답을 드리자면, 문학창작은 일종의 사고실험이 아닌가 생각하고 있습니다.

이태동 갑자기 '문학창작은 일종의 사고실험'이란 정의를 들으니 미국의 어느 평론가가 문학은 '비현실(unreality)'이라고 말한 것이 떠오르네요. 이 말은 현실은 눈에 보이는 것이고, 또 우연적으로 발생하기도 하지만 문학 속 세계는 반드시 나름대로의 진실과 질서가 갖춰져야 문학적 도덕성을 확립할 수 있다는 뜻입니다. 결정적인 목표를 만들어 놓고 여러 재료들을 엮어서 완전하게 만드는 것이 문학창작 과정이라면, 이 역시 선생님이 말한 사고실험과 가까운 정의가 아닐까 생각됩니다.

최인훈 그래서 「가면고」에서 시도해 본 것이 바로 인생과 자연의 흐름, 역사의 흐름이라고 하는 것과는 다른 차원의 인간행위였습니다. 문제는 다른 종류의 사고실험, 예를 들자면 현실적인 모험이라든지 과학연구라던지 이런 사고실험들과의 차이점(種差)이 무엇인가 하는 점입니다.

문학보다 사실상 더 객관적으로 사고실험의 의미에 가까운 과학연구나, 혹은 특정계획을 세워서 모험을 한다는 것은, 생각에서 예측되었던 것이 실제로 행해지는 사례 아닙니까. 현실은 변화할 수 있다는 넓은 의미에서 이것들은 상대적인 사고실험이라할 수 있는데, 문학창작과 이것들은 무엇이 다른가 하는 그 종차를 연구하는 것이 문학이론의 영역이라고 생각합니다.

결국 이 차이점을 극복하고 의식을 가장 높은 효율로 조작해 볼 때 나타나는 것이 문학적인 창조라고 해볼 수도 있지 않겠는가 싶습니다. 덧붙여 '우연이 배제된, 필연만의 결정체'가 바로 문학, 그 중에서도 운율이 외적으로 취하는 형식상의 미학이 아닌가 싶습니다.

문학이 인생과 다른 문양(design)을 취해야 그것을 비로소 문학이다, 예술이다 말할 수 있지 않을까요? 우리의 일상생활에도 분명 문양은 존재합니다만, 대부분 대략적이거나 거칠고 연관성이 부족한 한계가 있습니다. 우리가 춤을 추듯 걸어다닐 수 없는 것처럼 말이죠.

시라고 하는 것, 혹은 예술적인 언어라고 하는 것을 보면 음수율, 두음, 각운 같은 외적인 형식으로 제한되는데, 왜 그런 것인가 생각해보니 운율이라고 하는 것은 '필연의 문양(design)'이라는 결론을 내리게 되었습니다.

그럼 산문은 무엇인가? 그런 시(詩)적인 디자인에 우연의 난잡성이 자리해 있는, 말하자면 덜 순수한, 불순한 것이 잔재하는 즉 '훼손된 운문이 산문'이 아니겠는가 생각합니다.

이태동 세계 문학의 경우와는 달리 우리 문단에서는 존재 문제, 즉 우주적인 차원에서 인간 조건에 관한 부조리한 현상이나 혹은 '인생관' 문제를 다루지 않는 경향이 있는데 이 작품에서 다루게 된 이유는 무엇입니까?

실향민의 상처 때문입니까? 아니면 폭넓은 독서 및 사색과 함께 발견한 모순된 인간 조건을 치유하고 세계 문학 속에서의 한국 문학의 정체성을 확립하기 위한 것입니까?

라오넬 트릴링(Lionel Trilling)은 서구 소설이 취급하는 근본적인 주제는 겉모양(appearance)과 실체(reality) 사이의 괴리, 다시 말해 순진한 상태에서 경험의 상태로, 행복한 무지의 상태에서 실제 세상에 대한 성숙한 인식의 상태로 이행하는 과정을 다루고 있다고 말했습니다.

인간이 어떤 목표를 향해 치열하게 피투성이가 되도록 노력하지만 환멸의 결과를 가져오는 것은 경험과 더불어 깨달음을 얻기 위한 것이라고 서양의 작가들은 믿고 있어 왔습니다. 특히, 19세기 작가들 말입니다. 그런데 선생님은 외관(外觀)과 실체 사이를 고통 없이 극복하고 하나로 만드는 방법과 비전을 이 작품에서 새로운 패러다임으로 제시하고 있습니다.

최인훈 실험실의 결론을 실제로 인생에 적용할 때에는 조정이 필요하지요. 그 조정의 과정을 기록하는 것이 「가면고」 이후의 제 작품의 현 과정상이 된 것입니다. 제거되었던 '우연'의 복원(필연의 통제하)….

제가 작가가 되고 싶어 데뷔를 꿈꾸던 시절 당시 한국문학을 읽으면 유난히 농촌소설이 많다는 느낌을 받았습니다. 당시 소설의 적어도 절반 이상은 농촌에 관한, 농민들이 등장하는 농촌소설인겁니다. 그래서 아, 소설이란 것은 농민이 등장하고, 필연적으로 가뭄이 발생해 괴로워하거나 지주와의 알력싸움을 다룬 것인가보다, 하고 생각할 정도였습니다.

사실 저는 농촌에서 살아본 적이 없기 때문에 농촌소설을 쓸 수 없었어요. 누군가 저에게 농촌소설을 쓰라고 한다면 그와 관련된 경험이 전무하고, 또 사고를 하지 않았기 때문에 농촌소설이 추구하는 메시지를 제대로 다룰 수 없었겠죠. 오히려 서양문학이 주로 다루던 인간존재에 관한 이야기를 쓰는 것이 더 수월했습니다.

서양문학은 우리와 비교했을 때 상대적인 안정감이 있긴

해도 17~19세기를 거치면서 외부에서 오는 충격보다는 사회 내부변화에 따라 예술의식이 크게 흔들린 경험을 겪었습니다. 르네상스 같은 것이 바로 그 대변혁의 대표적인 사례죠.

르네상스 이후 서양사는 혼란스러움 속에서도 다양성을 추구하는 시도들이 등장하기 시작합니다. 즉 그 이전, 종교가 생활의 전부이자 정치, 경제, 예술을 지배했다면 이를 해체하기 시작하면서 나름대로의 굴곡과 진통을 겪기 시작한 겁니다.

이후 서양문학에서는 인생의 행로를 서사적인 형식으로 다루고, 그런 과정을 겪으며 거기에서 깨달음을 얻는 전개 방식이 하나의 패러다임, 정석으로 굳어졌는데요.

제가 이 작품에서 그 깨달음을 해탈의 형식으로 한번에 뛰어 넘는 것을 제시한 이유는 시간을 참고 견디기에는 우리의 현실이 너무나 각박하고, 비참하고, 처참했기 때문입니다.

물론 제가 취한 형식이 사건과 시간의 흐름에 따른 전통적인 서사 형식이 아니라 다중적인 구조로 변경했지만 근본적으로 사람들이 보편적으로 부딪치게 되는 인간존재의 문제를 다루고자 했습니다.

이태동 선생님의 역작 『회색인』의 경우처럼, 이 작품의 주제를 받쳐주고 있는 사상이 불교와 깊은 관계가 있는 것 같습니다. 민이 찾아간 심령연구소에서 접하게 된 최초의 논문에서 발견한 Psycho-Humanism을 불경의 한 구절의 인용이라고 화자(話者)가 말한 것은 이것을 뒷받침하고도 남음이 있습니다. 또 작품 중간에 등장하는 다문고 왕자가 불교의 교리에 기초해 돌파구를 찾아가는 방식을 보면서 불교에 대한 조예가 깊다고 느꼈습니다. 혹시 선생님께서는 불교 신자신가요?

최인훈 친 불교적이랄 수는 있습니다만, 신자는 아닙니다. 근대 이후의 지식인이 어느 특정 기성종교의 교리에 몰입해 신자가 되기는 어렵지 않나 생각해 봅니다.

제가 불교에 대한 지식이 있고 불교에서 말하는 요소들을 말하고 인정하는 것은 사실이지만 특정 종교의 신도는 아닙니다. 그런 의미에서는 예스이기도 하고 노이기도 하다는 답을 드릴 수 있습니다.

이태동 사람의 얼굴을 브라마(Brahma)와 하나로 만드는 방법은 어떻게 연구하셨습니까? 혹시, 브라마는 플라톤이 말한 본체(reality)와 비유할 수 있겠습니까? 플라톤은 실체

라는 것은 겉에서 보는 외관과는 다르다는 일원론을 말한
바 있습니다.

최인훈 비유적으로는 그렇게 말할 수 있겠습니다.

  어쩌면 서양철학이란 플라톤 이후, 기본적인 아이디어를
이렇게 저렇게 변주하고 발전시킨 것이라고 말할 수 있겠
습니다. 이와 유사한 관념을 동양에서 찾는다면 범신론(汎
神論)이 비슷한 사고방식을 가지고 있다고 볼 수 있겠습니
다. 관념적인 비유를 통해 제가 작품에서 말하고 싶던 것은
결국 한 인간의 인생에서 추구할 수 있는 최대가치는 본체
를 자기 것으로 만드는데 있다는 겁니다. 본체와 외관의 합
일(合一)이라는 점에서 고대 동서양의 사고가 큰 차이가 없
는 게 아닌가 하는 생각이 들기도 합니다.

이태동 이 작품에서 미라를 화가로 설정한 이유는 무엇입
니까?

최인훈 예술장르에서 미술에 대해 상대적으로 지식이 있기
때문입니다. 예술장르 중에서 제가 미술에 대해서, 이를테
면 미술사 같은 분야에 상대적으로 지식이 어느 정도 있기
때문에 미라를 화가로 설정했습니다.

이태동 저 나름대로는 작품과 관련지어서 생각해 보기를, 그림이라는 것을 완성하기까지는 시간이 좀 걸리는 예술장르 아닙니까. 그래서 그 시간을 통해 현실과 예술 사이의 거리감을 말하려고 하는 것이 아닌가 해석해봤습니다.

최인훈 그렇게 해석할 수도 있지요. 덧붙이자면 산문예술보다는 미술이 제 견해로는 음악에 더 가깝지 않은가 싶습니다. 무용 역시 마찬가지입니다. 육체를 가지고 언어와 마찬가지로 표현을 하니까요. 작품에 보면 화가와 무용수도 등장하고 주인공 역시 무용의 각본을 쓰는 작가로 등장합니다. 그런 점에서 보면 산문예술, 미술, 무용이 골고루 등장해 비슷한 것을 다른 형식으로 표현하고 있는 것이죠.

이태동 미라가 민과 헤어질 무렵, 그녀가 그의 발을 데생하는 의미는 무엇입니까?

최인훈 미라에게도 민과 비슷한 탐구자의 폭력이 있는 것을 나타내려고요.

저는 그 장면을 통해 미라와 주인공의 관계가 반드시 남자한테만 그 책임과 문제가 있다기보다는 여자한테도 문제가 있다는 것을 말하고 싶었습니다. 그런 사례로 발 데생을 하는 장면을 설정한 거죠. 미라가 예술자로서, 즉 탐구자가 자기 연구에 빠지다 보니까 소재에 대한 배려가 좀 난폭하고 각박하다는 점도 있었을 것임을 나타냈습니다.

가령 예를 들어 자기가 인식도 못하는 사이에 애인이 자기를 데생하는 걸 알아차렸다면 기분이 썩 좋을 수 있을까요? 잠을 자다가 눈을 퍼뜩 떴는데 자신의 발바닥을 스케치하고 있는 연인의 모습을 본다는 건, 보통 속된 관점으로 볼 때는 충분히 기분 나쁜 일 아니겠습니까.

이태동 왜 민으로 하여금 '신데렐라 공주' 각본을 쓰게 만드셨습니까? 물론 텍스트에서 선생님은 무용에 대해 '평소에 무용이라는 예술이, 사람의 몸이라는 원시의 수단을 가지고, 공간의 조형에다 시간까지를 포함시킨 점에 예술 활동의 이상을 느껴오던 중…' 이라고 말씀하셨습니다만….

최인훈 자신의 현실적 문제를 각본이라는 거울 속에서 객관적으로 탐구하게 만든 것입니다.

동일한 주제, 이를테면 등장인물 민의 실생활을 통해서 가장 바람직한 사랑의 모습이 무엇인가 하는 것을 풀어나갔고, 심령연구소(Psychic Society)에 가서 전생을 구술하는 장면으로 동일 주제를 반복했고, 마지막으로 민을 극작가로 설정해, 민으로 하여금 또 한 번 똑같은 주제를 텍스트인 무용 각본으로서 구현하게끔 했습니다.

즉 제가 말하고자 하는 주제를 다양한 방식의 삼중구조로 설정했습니다. 결국 현실의식에서의 흐름, 무의식속에서의 흐름, 마지막으로 그 둘을 합친 텍스트로서의 흐름을 통해 주제의 일관성을 견지했다고 보면 됩니다.

이태동 이 작품이 진행되는 가운데 인형의 이미지가 많이 나타나고 있습니다. 주제와 관련지어 독자들에게 설명해주십시오. 이것은 시각적으로나 공간적으로 매우 흥미로운 것입니다만, 독자들에게 죽음의 이미지로 나타날 수도 있습니다.

최인훈 겉모습만 사람을 닮은 물질— 그것이 인형, 타인에 대한 배려를 모를 때 살아있는 인간도 인형이 된다는 인식이 표현된 것입니다.

다문고 왕자는 마술사가 사람의 얼굴 가죽을 벗겨 가면을 만든 줄 알고 있었습니다. 즉 내면과 외면이 합일된 얼굴을 완성하기 위해 살인행위를 했다는 죄책감에 사로잡혔는데, 마지막 장면에서 마술사가 가짜 가면으로 왕자를 속인 것으로 밝혀집니다. 결국 왕자가 후회를 고하는 귀한 한마디를 남겼을 때 보살이 화신했던 그 마술사가 '너의 그 한마디로 업을 씻었다'고 고백을 합니다. 또 마술사의 집에서 사람 얼굴 가면을 진열장에 수십 개 진열해 놓은 장면도 서술해 놓았는데, 사실 결론적으로는 그 가면들은 인형의 얼굴이죠. 왕자는 그게 진짜 사람의 얼굴이라 생각했지만 그건 사실 인형이었을 뿐입니다.

작품 구조를 잘 살펴보면 민의 현실과 무의식, 그리고 신데렐라 각본의 텍스트 곳곳에 인형의 이미지가 등장하는 걸 발견할 수 있는데 이는 인형이라는 소도구를, 결국 진짜를 위장하는 수단으로서 구체적으로 활용한 사례라고 할 수 있겠습니다.

저는 개인적으로 누군가 이 작품을 영화화했으면 하는 바람이 있는데요, 환상적이고 몽환적인 이미지들로 가득한 장면들을 화면으로 구현해 사람들에게 보여주면 작품의 메시지가 얼마나 설득력을 지니겠는가 하는 생각에서입니다.

이태동 발레리나 정임이 공연을 마치고 옥상에 올라가 균형을 잃지 않고 뛰어 내리는 상징성과 경마를 즐기는 것은 무엇을 의미합니까?

최인훈 육체와 정신의 조화를 나타내기 위해, 그것(심신 미분열)이 예술이라고 생각하기 때문입니다.

누군가 경마라고 하는 것에 정의를 내려 보라고 한다면, 움직임이라는 것과, 움직임의 의미를 분리해 답을 줄 수 있을까 하는 의문을 가져봅니다.

춤 역시 경마와 비슷한 속성을 지녔습니다. 춤을 추는 행위자체를 보고 우리는 '춤'이라고 부릅니다. 무희와 춤을 분리해서 굳이 정의를 내리지 않아도 우리는 그것이 춤인 것을 압니다. 마찬가지로 경마의 의미가 뭐냐고 묻는다면 말이 뛰어가는 것이라고 대답할 수밖에 없지요. 경마는 말이 주인인가, 기수가 주인인가 그런 설명도 필요 없는, 이를테면, 인마일체(人馬一體)의 행위라고 할까요. 극 중에서 내면과 외면이 합체된 인물로 설정된 발레리나 정임이 그러한 경마를 좋아하는 것도, 어떻게 보면 자연스러운 일이라 할 수 있겠습니다.

이태동 발레리나 정임과 왕녀 마가녀를 포개어 놓을 수 있겠습니까? 구체적인 설명을 부탁드립니다.

최인훈 네 있습니다. 다문고 왕자는 마지막 회개 순간 전까지는 내면과 외면을 일치시키기 위해 살인까지 서슴지 않고 명하는 상당히 이기주의적인 친구로 묘사됩니다.

동양철학은 실체와 외관이 갈라지기 시작한데서부터 인

간의식의 불행이 시작되었다고 말을 합니다. 즉 이상적인 모습이 되려면 내면과 외면의 일체상태[合—]가 되어야 하는데 작품 속 인물 마가녀는 철학이 추구하는 이상이 실현된 인물입니다. 생각과 행동이 꾸밈이 없어 서로 일치한다고 서술되어 있습니다.

발레리나 정임 역시 소설 속에서 역할을 시키기로는 상대적으로 가식이 없고 이상적인 성격을 지니고 있습니다. 그런 점에서 현실 속의 마가녀라고도 할 수 있겠습니다.

물론 정임의 성격이 천연스럽고 활달하다고 설정되어 있기도 하지만, 발레리나라는 직업 자체가 각본 속의 연출을 실제로 몸을 움직여 실천을 한다는 점에서, 그리고 무용극 속에서도 행동과 생각이 일치된 신데렐라 역할을 맡고 있다는 점에서도 충분히 내면과 외면이 합일된 인물이라는 것을 짐작해 낼 수 있습니다.

다시 말해 왕녀 마가녀, 정임, 그리고 무용극 속의 주인공인 신데렐라, 이 셋은 이상적인 인간형이라는 일치점을 갖고 있습니다. 소설은 삼중구조를 취하고 있지만 독자들이 작품을 잘 읽다보면 구조상 공통점이 있음을 발견하실 수 있을 겁니다.

이태동 심령연구소에서 전개되는 장면과 배경은 불교 서적에서 나온 것입니까, 아니면 모두 다 선생님의 상상력으로 만들어진 것입니까? 혹시 T. S. 엘리엇의 「황무지」 경우처럼, 기초 자료(source)가 있으시면 밝혀주십시오. 선생님의 작품을 연구하는 후학들에게 많은 도움이 될 것입니다.

최인훈 정신과 치료에서 의사의 최면형식(암시와 반응)을 참고했습니다. 작품을 쓸 당시 직접적으로 꼭 들어맞는 외부의 영향력이 있었던 것은 아닙니다. 즉 특정의 모델을 보고 구상했던 건 아니었어요.

작품들 중에서 굳이 비슷한 설정을 취한 작가를 찾는다면 마술과 같은 트릭, 즉 인공을 가해 변형을 시킨 것을 이야기 소재로 삼는 애드가 앨런 포우, 스티븐슨, 호손 등이 있을 수 있겠습니다. 또 정신과 치료 중에서 의사들이 환자들에게 특정암시를 줘서 최면을 건 다음 잠재의식 속 반응을 끌어내는 시술이 있지 않습니까? 그걸 참고한 정도로 이해해 주십시오.

이태동 선생님께서 이 작품을 저와의 '대담 시리즈'를 위한 텍스트로 결정한 이유는 무엇입니까? 가장 아끼는 작품이기 때문입니까? 아니면, 너무나 난해한 작품으로 생각하시기 때문입니까?

최인훈 같은 주제를 번복한 형식이 주제 전달에 흥미 있지 않을까 해서입니다.

우선 저는 이 작품을 난해하다고 생각하지 않습니다. 물론 제 의견이긴 하지만 「가면고」는 읽으면 읽을수록 재미 있는 소설이라고 생각하고 있습니다.

물론 제 이미지가 스토리텔링에 타고난 재능을 지닌 작가와는 거리가 멀긴 하지만, 상상과 환상 그리고 같은 주제를 교묘하게 교차시키면서 소설이 지닌 재미와 감각을 살려 쓴 작품입니다. 또 스스로도 하고 싶은 이야기들을 눈치 보지 않고 마음껏 풀어냈다는 점에서 작가로서의 흡족함과 성취감을 느낀 작품이기도 합니다.

한편 작품의 주제를 각기 다른 차원에서 풀어낸 방식도 독자들에게 흥미가 있으리라 봅니다.

참된 나는 무엇인가? 하는 자기발견을 추구하는 존재론적 화두를 현실에서 풀고, 무의식의 세계에서 풀고, 토막으로 삽입된 에세이에서 풀고, 또 무용 각본 텍스트를 통해 네 번이나 번복한 형식을 취했습니다. 특히 주인공 민이 끄적거린 일기의 에세이는 그 구절 하나하나가 주제와 관련된 바를 함축적으로 담고 있기 때문에 독자들에게 생각거리를 제공하는 부분이기도 합니다. 이렇게 제가 소설 속에서 설치해놓은 부분들을 독자가 발견하고 행간의 의미를 찾아낸다면 읽는 즐거움이 크지 않을까 합니다.

『회색인』이후의 제 작품은 이를테면 「가면고」의 테마를 조금 조금씩 재 추출해서 덜 시적인, 더 산문적으로 인위적인 우연성이 많이 들어간 그런 길을 걸어왔습니다. 그래서 제 작품의 길을 결정지은, 즉 원류가 되는 이 소설 「가면고」가 독자들에게 많이 알려지고 읽혀지길 소망하는 겁니다. 저를 「광장」밖에 쓰지 않은 작가로만 인식을 한다면, 좀 아쉽지 않겠나 싶습니다.

「가면고」: 현상과 실체의 일치된 세계

이태동_ 문학평론가·서강대 명예교수

　최인훈은 한국 소설사(小說史)에서 가장 지적인 모더니
스트 소설가이다. 그는 김동리와 황순원으로 대표되는 전
통적인 소설 양식을 과감히 뛰어 넘고 전위적인 소설 기법
을 사용해서 60년대 한국 문단에 그 어느 누구보다 큰 지
적인 충격을 남겼다.

　물론 일반 독자들 사이에 그의 대표작으로 알려진 「광
장」은 서사(敍事)를 중심으로 한 전통적인 소설이다. 그러
나 이 작품보다 두 달 앞서, 그러니까 1960년 7월에 발표
한 「가면고」는 '의식의 흐름'과 알레고리 및 판타지, 그리
고 대위법은 물론 삶의 구조적 현상학에 대한 명상을 담은

적지 않는 아포리즘을 현란하게 사용하고 있어서 20세기의 가장 위대한 아일랜드 작가 제임스 조이스를 연상시키기에 충분하다. 그 결과 이 작품은 일반 독자들이 쉽게 접근하지 못할 만큼 난해해서 독자들로부터 「광장」만큼 열광적인 환영을 받지 못해왔다.

그러나 최인훈은 그의 다른 작품보다 이 작품에 대해 더 깊은 애정을 가지고 있는 듯하다. 앞에서도 언급한 바와 같이, 그가 작가로서 명성을 얻게 되는 중요한 시기에 「광장」보다 먼저 발표한 것은 이러한 사실을 간접적으로 뒷받침해 주고 있다.

사실, 「가면고」가 「광장」만큼 크게 일반 독자들 사이에 부각되지 못한 것은 이른바 이념간의 갈등으로 인한 분단의 비극이 반영된 시대정신을 리얼하게 담지 못하고 환상적인 알레고리를 중심으로 존재론적인 문제를 철학적으로 형상화하고 있는 듯한 인상을 짙게 나타내고 있기 때문이다.

그러나 이 작품을 주의 깊게 읽어보면, 작가 최인훈은 분단의 아픔을 말하지 않는 것은 아니다. 그는 그것을 다만 평면적으로 다루지 않고, 그것을 바탕으로 해서 모순된 존재의 구조적 패러다임을 바꾸려는 보편적인 문제에 관한 주제를 근원적으로 탐색하고 있다. 물론 이러한 그의 노력은 라오넬 트릴링(Lionel Trilling)이 지적한 '겉모양과 실체 사이'를 밝히는 과정을 취급하는 전통적인 서구 소설에 보편적인 주제의 그것과 상반된다. 서구 소설의 일반적 주제는 자서전적인 소설(Bildungsroman)에서 쉽게 볼 수 있는 것처럼, 인격 형성을 위한 교육과 그 연장선상에 있다.

다시 말하면, 이들 소설은 주인공들이 '겉모양'으로부터 '실체'를 추구하는 과정에서 결과적으로 부딪치게 되는 비극적인 고통이나 절망을 통해 인식론적인 깨달음을 얻는 것에 관한 것이다. 그러나 「가면고」에서 모더니스트인 최인훈은 '자연을 모방'한 예술 형식을 거부하는 자세를 보이면서, 겉모양과 실체가 하나로 일치되는 새로운 패러다임, 즉 '인식과 행위'가 하나가 되는 삶의 양식을 추구했다.

이 소설의 시작 부분에서 주인공인 민이 텅 빈 전차를 타고가다 바라본 '언젠가 한번 본 것만 같은 얼굴' 때문에 기억의 물결을 타고 과거 어느 무도장에서 '푸른 다뉴브강'의 음악에 맞춰 춤을 추던 '가슴에 기미가 있는 여인'을 회상한다.

그때, 그는 불행히도 '가슴에 점과 기미가 있는' 그 여인이 6·25 전쟁터에서 함께 싸우다가 산화한 M소위가 군에 입대하기 전에 추위와 싸우면서도 따뜻함을 느꼈던 설아(雪兒)라는 필명을 가진 연인과 우연히 일치된다는 사실을 알고 '겉보기에 속았던 것이다' 라고 말한다.

그래서 전쟁터에서 겪은 처절한 경험이 그를 성숙한 인간으로 만들었다고 믿었던 민은 그 여인과 우연히 만나 춤을 추다 헤어지게 된 사건이 있은 후, 겉모양과 실체가 다른 얼굴에 대해 절망하게 된다.

그는 인간의 얼굴이 겉과 속이 하나가 되지 못하고 죽음과도 같은 고통을 통해 변신한다는 현상학에 대해 저항한다. 즉, 그는 표리부동(表裏不同) 모순된 존재의 현실을 부정하고, 현상과 실체가 하나로 일치되는 삶의 패턴을 탐색하는 편력의 길에 오른다.

군에서 나왔을 때 민은 너그러운 심경을 느끼고 있었다. 경풍에 걸린 젖먹이처럼 잔뜩 뒤로 자빠진 섣부른 '반항' 따위와는 아예 인연이 없는 마음이었다. 그는 오히려 조용히 웃고 싶었다. 빈정대는 웃음이 아니고, 열심히 살아보자는 담담한 생각이었다.

'화약과 사람의 살점이 범벅이 돼서 몸부림치던 저 도살장 속에서 보낸 내 청춘을 헛되게 해서는 안 된다. 그 생활을 내 생애의 공백 기간으로 셈할 것이 아니라, 천금을 주고도 사지 못할 비싼 겪음으로 살려야 한다. 아 나는 이 시대에 살 수 있는 세금을 치른 거야. 주둥아리 끝으로 치른 게 아냐. 몸으로 치른 거지. 그뿐이 아니야. 난 값을 치르었습네 하고 체험을 강매하지 않겠다 이런 말씀이거든. 그저 부듯해진 내 몸의 밀도만으로 족해. 이 수확만으로 세상을 사랑하면서 살 테야.'

그의 결심은 이러했다. 백과사전 밑바닥에 얹어야만 했던, 고슴도치 마냥 가시 돋친 가죽이 전쟁이란 호된 병을 겪고 순한 바탕으로 뱀처럼 허물을 벗었다고 믿었다.

'기미가 있는 여자'의 사건이 일어난 것은 바로 이런 때였다.

그 사건은 어지간히 상징적인 공포를 그에게 안겨주었다. 어떤 일이 술술 풀려나갈 것처럼 보이다가도 중요한 매듭에 와서는 틀림없이 파장이 되고 만다는, 그런 악의에 찬 선고를 거기서 읽었었다.

다람쥐 쳇바퀴 타듯 한정없이 도는 의식의 바퀴를 타고 멀미가 나게 허덕이던 옛 '백과사전 시대'가 또다시 눈부신 망설임과 분열의 무지개에 싸여 그의 앞에 되살아오는 것을 보아야 했다.

그래서, 정신이 혼미한 민은 애인인 화가 미라에게 간다. 그러나 그는 육체관계를 맺고 있었음에도 불구하고, 그녀는 정신적으로 거리감을 유지하듯 대단히 모호한 태도를 보인다. 그래서 민은 "줄기가 자라 잎이 열린 후, 열매가 드디어 맺는, '과정'은 다만 발을 구르고 싶도록 안타까운 헛일처럼 여겨졌다. 그런 낭비를 모조리 젖혀버리고, 단숨에 핵심을 쥐고 싶었다."

즉, 그는 미라로부터 '감정의 불'이 붙은 솔직한 사랑을 갈구했다. 결국 민은 미라의 행동과 감정의 깊은 괴리 때문에, 깊은 좌절감에서 벗어나지 못하고 나이프로 미라가 그리던 초상화의 화폭을 찢고 만다. "진흙탕에서 서로 얽혔던 그림 속의 남녀 중에서 여자가 힘없이 펄럭, 저쪽으로 넘어졌다."

그 후, 민은 '얼굴'에 대해 남다른 관심을 갖고 "표정과 감정 사이에 한 치의 겉돎도 없는 그런 얼굴의 소유자였으면 하는 욕망은, 자아 완성이라는 르네상스적 개념이 빈말이 아니라 어느 시대 사람들의 감각이었다는 것"을 안다고 말하며, 거울 속에 비친 자신의 얼굴이 자신의 내면과 일치되지 않는다는 것을 발견하고 크게 놀란다. 그래서 그는 그의 얼굴에 씌워진 탈을 떼어 내는 방법을 찾고자 방황의 길을 걷게 된다. 물론 이러한 그의 노력은 그 자신의 얼굴에

만 한정되는 것이 아니라 보편적으로 모든 인간에 적용되는 것이다.

민이 이러한 목적을 달성하기 위해 몇 가지 방법을 모색한다. 이것들은 각각 독립적으로 전개되고 있지만 대위법으로 병치적인 보완 관계를 이루고 있다.

우선, 민은 이 '탈'의 문제를 해결하기 위한 비전을 제시하기 위해 '무용론'을 써서 '현대 발레단'으로부터 입단 초청을 받아 그것을 구체화하기 위한 각본을 준비한다. 민이 이 문제를 해결하기 위한 실험적인 방법으로 '무용이라는 예술'에 관심을 두게 된 것은 그것이 '사람의 몸이라는 원시의 수단을 가지고, 공간의 조형에다 시간까지 포함시킨 예술 활동의 이상'이었기 때문이다.

실제로, 아일랜드 시인 W. B. 예이츠가 '아 음악에 따라 흔들리는 육체여, 빛나는 눈빛이여/ 우리가 어떻게 춤과 무희를 구별 하겠는가'라고 표현 했듯이, 춤은 정신(being)과 육체(becoming)가 완전한 조화를 이룬 혼합의 형태를 나타낸다.

다시 말해, 발레 무용에 대한 민의 관심은 영과 육의 거리를 배제시켜, 겉모양과 실체를 일치시키는데 그 목적이 있다. 그가 그의 애인인 마라와의 사랑에 거리감을 느끼고,

이전에 준비했던 각본을 불태우고 다시금 「신데렐라 공주」
라는 각본을 완성한 후 프리마 발레리나인 강선생의 누이
동생 정임을 맞아 그것을 공연하게 되었을 때, 뿌리에 해당
되는 정신의 상징인 얼굴이 육체와의 거리를 일치시키는
결과를 가져온다.

신데렐라 공주의 피날레

예고와 희망에 찬 음악을 타고 신데렐라 나옴.

왕자의 기쁨에 넘친 구원에의 욕망과 프리마 발레리나의
헌신과 사랑을 나타내는 듀엣.

배경 속에서 서서히 일어나는 마녀 어미 딸.

음악은 숨가쁜 승리와 해결로 접어든다.

모녀의 방해를 굳세게 물리치고 사랑을 고백하는 신데렐라.

외적 운명이 내적 필연으로 바뀜.

마침내 떨어지는 탈.

천천히 퇴장하는 모녀. 악마가 자포자기한 묘한 해학의 몸
짓으로. 무대에 남은 주역 용수 두 사람의 승리의 춤.

이렇게 민은 미라 사이에 놓여 있는 거리감을 극복하지
못하고 방황을 계속하다가 심령연구소(The Psychic
Society)를 찾아 간다. 그는 이곳의 지도 교수인 코밑수염

으로부터 '동양 고대의 성자들의 구도 의식(求道意識)'과
도 같은 'Psycho Humanism'이라는 '영혼 정형술'을 접
하게 된다.

그래서 그는 여기서 코밑수염이 거는 최면술의 도움을 받
아 벵갈 평원에 있는 가바나 왕국의 왕자인 다문고(多聞苦)
로 변신해서 궁녀 아라녀와 사랑을 하는 과정에서 두 사람
이 하나로 일치되지 못함을 느끼고, 스승에게 '사람의 얼굴
을 바라마(Brahama)와 하나'로 만들어 주기를 간청한다.

나의 소원은 브라마의 얼굴을 가지고 싶다는 것이다.

내가 그 그림을 본 것은 한 해 전 나의 스승이 떠나면서 잠
깐 보여준 것이 처음이며 마지막이었다.

"이것이 브라마가 사람으로 나타난 모습입니다. 보시오 이
두루 갖추고 굽어보는 얼굴을. 왕자가 일생을 두고 다듬어야
할 얼굴의 본이 바로 이것이오."

스승은 나의 앞에 한 폭의 그림을 펼쳐보였었다. 그것을 들
여다본 나는, 숨이 막혔다. 거룩한 아름다움, 그리고 무엇보
다도 그 망설임을 넘어선 표정이었다. 모든 일을 따뜻이 끌어
안으면서 그 만사에서 훌훌 떨어진 영원의 얼굴. 나는 그림의
자취를 눈으로 빨아들이기나 할 것처럼 보고 또 보았다. 잠시
눈을 감았다가도, 다시 들여다보았다. 그때부터 나의 머리에

그 영원의 얼굴이 뜨거운 인두로 지지듯 새겨졌다. 스승의 말이 아직도 쟁쟁히 울리며 내 귓전에 남아 있다.

"모든 사람의 얼굴은, 이 참다운 얼굴을 가리고 있는 탈이오. 모든 사람의 얼굴은, 이 브라마와 꼭 같이 거룩한 얼굴을 하고 있으나, 업(業)과 무명(無名)에 가리워 그 탈을 벗지 못하는 거요. 왕자, 이 일은 왕국보다 중하오. 자기의 얼굴을 브라마의 얼굴로 만들 때까지 쉬지 마시오."

그래서 민은 수련과정 동안, 학문을 하면 할수록, 자기의 얼굴 표정이 '점점 맑아가고 수정처럼 영롱해가야 할 터인데, 그 반대로 되어가는 까닭'이 무지한 탓으로 소박한 표정을 가지는 것은 '들꽃이 자기 미모에 아무런 자랑도 가질 수 없는 것과 같다'고 생각하고, '간디스 강변의 모래알처럼 많은 슬픔과 기쁨을 안고, 히말라야의 눈 덮인 언덕처럼 높고 맑은 슬기를 가졌으면서도, 마치 어느 바닷가 소금 굽는 어린 소녀와 같은 천진한 웃음을 지닐 수 있는 것, 이것이 아니면 안 된다'는 사실을 깨닫는다.

이렇게 민은 미라와의 관계에 있어서 좌절된 경험 때문에 새로운 삶의 비전을 제시할 수 있는 「신데렐라 공주」 각본을 완성해서 공연 하도록 만들어 주게 되는 프리마 발레리나 정임을 만나 깊은 사랑을 느낀다. 정임은 미라와는 달리 예술적 수련으로 몸에 균형을 잡고 있을 뿐만 아니라, 경마에 '열중' 하는 모습에서도 볼 수 있듯이 숨김없는 얼굴을 가진 '잘 된 인형' 발레리나였다. 그래서 민은 "밀실의 고전적 시대는 지났다"라고까지 말한다.

이러한 결과는 최인훈이 대위법으로써 설정한 심령연구소에서 몽상적인 실험, 즉, 코밑수염이 불러낸 부다가라는 마술사에게 영과 육을 갈등 없이 조화롭게 일치 시킬 수 있는 구원의 방법을 배우게 된다.

"아뢰옵기 두렵사오나, 왕자께서 바라시는 것은, 가장 높은 것과 가장 낮은 것이 합하여 하나가 된 바라문의 얼굴을 가지고자, 지금 쓰고 계신 탈을 벗으실 길은 없는가 하는 물음이시옵니까?"

"그렇다. 바로 그것이다."

마술사는 다시 말을 끊고 한참 침묵하였다.

"왜 대답이 없는가?"

재촉하는 나의 목소리에 비웃음에 가까운 울림이 있었다.

"네 있사옵니다."

나는 그의 입을 지켜볼 뿐이다. 눈으로는 여전히 비웃으면서.

"있사옵니다. 그러나 왕자께서 여태껏 하신 방법과는 전혀 다른 방법이옵니다."

이 말에는 나도 움직였다.

"내 방법과 다르다?"

"그렇습니다. 왕자께서는 전혀 상극이 되는 두 가지를 안에서 맺으심으로써 탈을 벗으시고자 하였으나, 저의 방법은 그 두 가지를 밖에서 묶는 것이옵니다."

"무슨 뜻인가…?"

"지금 왕자께서는 가장 높으신 것은 가졌으되 가장 낮은 것을 갖지 못하셨습니다."

"오 그렇다. 그 가장 낮은 것이 문제다."

"그것은, 배움을 가진 사람에게는 마침내 가질 수 없는 물건입니다. 그것은 다만 일생을 배움을 모르고 지낸 자, 혹은 전혀 배움과는 떨어진 자리에 있는 여인에게만 있는 것입니다."

"옳다… 말해라."

"그러므로 다문고 왕자께옵서 갖지 못한 그 한 가지를 왕자의 얼굴에 보태시면 소원이 이루어질 것이 아닙니까. 얼굴을 벗는 것과 전혀 거꾸로 가는 길입니다."

"그 길을 묻고 있는 것이어늘!"

"네 그 것은…"

"무엇인가 빨리 말하라!"

"네 그것은, 그러한 가장 낮은 것을 지닌 사람의 얼굴 가죽을 벗겨서 왕자의 얼굴에 붙이는 것입니다."

나는 뚫어질 듯이 마술사를 노려보다가, 어느덧 눈길은 곳 아닌 한 곳을 헤매고 있었다.

"그럴 수 있는가?"

"있사옵니다. 이는 오랜 비법이오며, 그 옛날 마하나니 왕이 그 죽은 왕비의 얼굴을 자기 시녀의 얼굴에 씌워서 오래 기쁨을 누린 것은, 알려진 이야기옵니다. 다만 한 가지, 왕자께서 가지신 높은 것과 벗긴 얼굴의 주인이 가진 낮은 것이 서로 빈틈없이 그 높음과 낮음의 도가 똑같은 경우에만 비법이 힘을 쓰게 돼, 벗겨 낸 얼굴이 왕자의 얼굴에 붙게 되는 것입니다."

이때 나는 자기가 찾던 것이 분명히 손아귀에 잡혀지는 것을 느꼈다.

위의 비밀을 알게 된 후, 민은 그 마술사의 계속적인 도움으로 신비로운 불교적인 왕국인 다비라의 서울까지 탐험적인 여행을 한다. 그래서 그는 지금까지 추구해 온 마음과 얼굴이 하나가 되는 모습을 육체를 상징하는 듯한 코끼리를 타고 조련하는 왕녀 마가녀에게서 발견하고 그녀에게 깊은 애정을 느낀다.

'코끼리의 소식(小食)'처럼 말수가 적은 이 왕녀는 '고귀한 신분과 총명에도 불구하고 전혀 배움이 없다… 그녀의 얼굴은 하나였다. 마음이 웃는 얼굴이 웃는 것이며, 얼굴 밑에 숨겨진 아무것도 없었다.' 다시 말해, 그녀의 얼굴은 「봄이 오면 산에 들에」의 달래가 쓴 '가면'과도 같이 높은 것과 가장 낮은 것이 합하여 하나가 된 얼굴이었다. 부다가로 변신한 민은 가바나국에 머물며 그가 꿈속에서 그리던 마가녀를 만나 하나의 얼굴을 만들 수 있을 만큼의 순수한 사랑을 한다.

왕녀처럼 코끼리를 적절히 통제하지 못하면 많은 사람을 죽게 만드는 허무한 난폭성이 나타난다는 사실을 다비라군의 코끼리 부대와의 싸움에서 확인하고, 사랑과 용서의 힘으로 속세에서 전쟁에 참여했던 '업(業)을 치운다.' 민은 신비로운 왕국에서 이러한 신비로운 경험을 하고, 통일된 얼굴, 즉 외적 운명이 내적 필연으로 바뀌어질 수 있도록, '남'을 위한 사랑으로 자기를 부정하는 지혜를 터득하고 그것을 실천하기 위해 환속한다.

달리는 말 위에서 나는 눈을 감았다. 감은 눈 속에 살아 있던 때의 마가녀 공주의 얼굴이, 환히 떠올랐다. 쟁반에 담겨 왔던 그녀의 얼굴은 웃고 있었다. 그때까지도 나는, 모진 마음이 허물어지지 않았다고 생각했다. 드디어 바람이 이루어지는 기쁨에 목이 메어 있는 것이라고, 내 가슴의 격동을 자신에게 알려줬었다. 그 얼굴을 아주 제가 가지는 것으로 그녀에 대한 사람으로서의 빚을 넉넉히 갚을 수 있다고 다짐하려 들었다. 그 얼굴을 쓴 순간의 기쁨과 두려움.

그리고 떨리는 손으로 다시 그 얼굴을 당겼을 때, 힘없이 손을 따라 묻어나온 얼굴을 두 손바닥에 받았을 때, 내게는 모든 것이 마침내 끝났던 것이다.

민이 심령연구소에서 실시한 정신적 실험을 경험하는 한편, 그것과 병치해서 「신데렐라 공주」 발레 각본을 완성해서 공연하게 된 것은 의미 없는 허무한 전쟁을 경험한 후, '청년기의 보상 의식을 나타냄으로서 그 동안의 공백 기간을 무엇인가 값있는 어떤 것을 빨리 얻음으로써 매워보려는 정신적인 현상의 하나' 이다.

이렇게 작가 최인훈이 동시대의 다른 작가들처럼, 전통적인 리얼리즘 소설을 쓰지 않고 몽타쥬 형식의 구성을 가진 대단히 난해한 모더니즘 소설을 쓰게 된 것은 문학사적으로 단순히 한 편의 소설 이상의 큰 의미를 지니고 있다.

왜냐하면 「가면고」는 부조리하고 무질서한 자연적인 삶

의 구조를 바로 잡을 수 있는 새로운 질서와 디자인을 투철한 도덕성과 함께 비전으로 제시하고 있기 때문이다. 6·25 전쟁으로 사선(死線)을 넘은 최인훈은 '겉보기'와 '실체' 사이의 거리에서 일어나는 전쟁이라는 갈등의 구조를 있는 그대로 받아들이기에는 너무나도 인간적이고 지적이었다.

이 작품을 60년대, 그의 20대에 썼지만, 전통적인 소설 방법으로 복잡한 현실을 효과적으로 나타낼 수 없음은 물론 그것에 대한 작가적인 비전 제시를 할 수 없다고 생각하고 그것을 위해 유명한 아르헨티나의 작가인 호르헤 루이스 보르헤스의 상상력은 물론, 톨킨의 『반지의 제왕』과 조앤 K. 롤링의 『해리 포터』에 나타난 판타지 방법을 사용했다는 것은 실로 놀라운 일이 아닐 수 없다.

바닷가에서

　밤중에 잠이 깹니다. 파도 소리가 들립니다. 왜 그런지 깜짝 놀라집니다. 일어나 앉아 그 소리에 귀를 기울입니다. 아무것도 말하지 않는 소립니다. 그러나 마음을 붙잡고 놓지 않습니다. 오늘 이곳에 도착하고부터 줄곧 들렸으련만, 여태껏 지금까지 이렇게는 듣지 않은 소립니다.

　일어나서 방을 나옵니다. 주인 집 사람들은 모두 잠이 들었습니다. 안채에 조금 아까까지 들리던 말소리도 불 끈 그 언저리에 아직 감돌고 있는 듯합니다. 그리고 보면 내가 잠든 지가 그리 오래되지는 않은 듯합니다.

　바닷가로 나가 봅니다. 바다 소리는 그저 혼자서 밤을 채웁니다.

달밤입니다. 저 물결. 나는 물결 위에 비치는 빛을 봅니다.

어느 새 나는 모래 위에 앉아 있습니다. 그 동안 깜박 졸
았던 모양인가요. 아닙니다. 잠이 달아나 일어났던 내가 그
럴 리가 없습니다. 그런데도 지나간 순간이 아주 멀어 보입
니다. 아까 일어나 앉았던 일이 아주 멀리 흘러간 옛날 같
습니다. 선생님 말씀을 듣고 이곳으로 오던 여행 같은 것은
멀다기보다 말로 들은 적이 있는 남의 일 같습니다. 차표
사던 일이며, 조금 덥던 기차속이며, 지루하던 버스며, ―
그런 것들이 상관없는 사람의 이야기 같군요. 이런 일이 어
렴풋이 떠오르다가, 바다 소리가 다시 놀랍게 들립니다.

마주 앉아서 이렇게 듣는 바다 소리는 내 속에 넘칩니다.
그러면 내 속에 있는 온갖 것들이 그 속에 잠깁니다. 그것
들― 집이며, 도시며, 내가 한 공부며, 뭇사람이며, 먼 나라
의 뒷골목이며, 그런 것들이 바다 소리에 어울립니다. 너무
다른 것들이기에 그들이 만일 소리를 모아 지른다면― 그
렇군요, 파도 소리, 이런 소리밖에 더 될 것이 무엇이겠습
니까?

밤마다, 이곳으로 오기를 잘 했다는 생각이 듭니다. 들어
도 속을 알 수 없는 저 소리. 그런 소리를 들어볼 쫌이 없는

삶에서 조금만 이렇게 앉아 보는 것이 참 좋군요. 어차피 살자면 그럴 수밖에는 없지만, 그런 삶이 모두가 아니라는 것은 옛날부터 알려진 일입니다. 사람들은 부끄러워합니다. 뜻 없는 움직임이라든가, 생각을 멈추기를 두려워합니다. 그러나 사람에게는 그런 것들이 있어야 할 바에는 저마다 그런 숨쉴 구멍을 마련해야 합니다. 옛날에는 손쉽게 그런 기술이 물려받아졌지만, 지금은 저마다 찾아내고 꾸며내야 하는가 봅니다. 이 바다 소리를 이렇게 듣는 짬을 삶 속에 고루 끼어 넣고, 잃어버리지 않게 하는 것이 중요한 일입니다.

이런 생각이 잠깐 끊기면, 거기 다름없는 파도 소리가 있습니다.

아마 나도 이 뜻 없는 소리가 두려워 마음의 저 속에 있는 이런저런 소리를 떠올려 보는 모양이군요. 그만 둡시다. 그저 선생님이 소리에 귀 기울이고 앉아 있으렵니다. 아무 생각 없이. 아무 생각 없이.

선생님 고맙습니다. 선생님 책상머리에 삼가 이 소리를 보내 드립니다.

꽃과 나

나는 고등학교 때 목련을 처음 보았다. 북한에 있는 나의 고향에는 자라지 않는 꽃나무다. 피난을 가서 고등학교를 다닌 남쪽의 항구 목포에서 처음 본 목련은 아마 꽃이라는 것을 '꽃'이라고 의식한 처음 일이었다.

친구의 집뜰에 한 그루 서 있는 나무에 달린 그 솜덩이같이 부드럽고 풍성한 꽃을 보고 놀라던 일이 생각난다. 피난민 소년의 눈에는 그 꽃은 꽃 이상의 것으로 비쳤는지도 모른다. 꽃나무가 뜰에 있는 생활을 할 수 있는 토박이 살림에 대한 부러움이었을 것이다.

지금도 목련을 보면 언제나 그 생각이 난다. 모든 목련을 보면 언제나 그 생각이 난다. 모든 목련은 그때 그 목련을 떠올리는 신호등 같은 착각을 일으킨다. 자연은 이럴 때 기억의 기호가 된다.

동백꽃도 남쪽에 와서 처음 보았다. 여수 오동도의 동백

숲은 숨이 막힐 지경이었다. 전라도 어느 절간 뒷산에 둘러서 있던 동백나무 숲은 극락의 한 모퉁이었다.

그 꽃의 이름은 모르겠다. 베트남에서 본 꽃이다. 그 꽃도 나무에 달린 꽃이었는데 사람 손으로 만들기나 한 것처럼 장난스럽게 기묘한 꽃이었다. 천사들이 미술시간에 만든 '작품' 같았다. '작품'은 '작품'이되 사람의 작품은 아닌 것처럼 보이는 그 모양이 '꽃'을 느끼게 했다.

근년에 마당에 핀 과꽃을 문득 좋게 보았다. 왜 그랬는지 모르겠다. 어렸을 때 과꽃(혹은 국화) 모양의 과자가 있었던 기억이 있는 것 같은데 그 탓인 것 같다.

이탈리아의 베스비오 산 아래 폼페이 유적에서 나는 과꽃을 닮은 꽃이 이 폐허의 도시 사방에 피어 있는 것을 보았다. 줄기가 길어 코스모스처럼 보였으나 꽃 모양은 과꽃에 가까왔다. 특히 빛깔이 그렇다. 벽돌 빛깔의 꽃인데 폼페이 유적의 벽돌 빛깔은 바로 이 꽃 빛깔이었다. 그리고 유럽의 집들의 벽돌 빛깔도 이 빛깔이다.

나는 이 빛깔을 '폼페이의 분홍색'이라고 분류하고 있다. 이 분홍색은 더 거슬러 올라가서 고대 그리스나 지중해 일대의 고대세계에 널리 쓰이던 빛깔인 듯싶다. 미술책이나 필름에서 보는 에게문명시대의 항아리들이 이 분홍빛을 주조색으로 하고 있는 것이다. 우리가 '수묵빛'이라든가 '청자빛'이라는 것을 가진 것처럼 유럽 사람들은 이 '지중해 분홍'이라는 것을 가지고 있는 모양이다.

이탈리아의 거리와 산에는 유도화가 지천으로 피어 있다. 그들이 부르는 이름으로는 오를레앙드로(Orleandro)다. 이탈리아 국화다. 이탈리아 영화의 화면에서 많이 보는 풍경이다.

지난 여름 제주도에 처음 간 길에 유도화가 가로수에 늘어선 모습이 푸근하고 남쪽 나라 다웠다. 가랑비에 꽃을 달고 서 있는 모습이 무척 평화로웠다.

나의 고향 꽃으로 생각이 나는 것은 진달래꽃이다. 산에서도 보고 집 근처에서도 제일 흔하게 보았다. 기억에 있는 꽃 중에서 제일 오랜 꽃이다. 학교 뒷산이 꽤 높았는데 온 산이 분홍빛으로 보인 기억이 있다. 그때 그렇게 인상깊었다는 말이 아니고 지금 떠올려 보니 그런 풍경이 잡힐 듯

말 듯하다.

이렇게 적어 가노라니 꽃과의 만남은 그 꽃이 있는 어떤 기억과의 만남인 것 같다. 처음 본 꽃일 때도 그 꽃은 무엇인가의 기호 노릇을 했던 듯싶다. 그때 갈망하던 어떤 것을 그 꽃이 대신해 주는 일을 한 것이 아닐까. 아마 다른 사람도 그렇지 않을런지. 꽃장수나 식물연구가가 아닌 바에는 꽃과의 만남은 대개 우연한 사건이다. 가다오다 만나는 것이며, 그때 이러저러한 신변의 사정이 꽃들에게 뜻을 부어 넣는다.

그래서 어떤 꽃은 즐거운 꽃이 되고 어떤 것은 슬픈 꽃이 된다. 꽃 그 자체라는 것은 바위나 구름처럼 그들의 사정으로 있을 뿐이다. 내 쪽의 사정으로 꽃들은 '나에게 있어서—' '우리에게 있어서—' '인간에게 대하여—' 무슨 뜻을 지니게 된다. 그래서 사람들은 '꽃말'이라는 것까지 만들어 낸다. 사실은 사람마다 다른 꽃말을 가졌다 함이 옳지 않을까?

우리는 살아가는 동안에 어느덧 저마다 다른 꽃말 책을

한 권씩 가지게 된다.

대학시절 강원도 어느 산마루에서 만난 넓은 꽃밭이 생각난다. 널찍한 터에 들꽃이 만발해 있었다. 일일이 무슨 꽃이라 눈여겨 볼 것도 없는 뭇 들꽃의 잔치터 같은 그 모양도 가끔 생각난다. 탁 트인 산마루에서 올라온 길이 저 멀리 구불거리며 숨고 드러나고 머리 위로 흘러가던 여름 구름. 꽃은 꽃만으로 그치는 일이 드물다. 놓인 자리 또한 꽃을 '꽃'으로 만든다.

꽃은 꽃을 부르고 그들 꽃에 얽힌 마음을 부른다. 그러다 보면 언젠가는 꽃들은 서로 넘나들면서 숨바꼭질을 한다. 여기서 본 유도화가 다른 모퉁이에서 목련으로 변신해서 모습을 드러내는 꽃들의 윤회가 이루어지는 것이다. 실은 그 모든 꽃들과 어울린 마음이 하나이기에 일어나는 이 환상은 그럴 듯하다. 모든 꽃이 한 꽃이면서 그러나 저마다 다른 꽃이기도 한 이 환상이 내가 꽃을 생각하다 보니 마지막으로 떠오르는 꽃의 모습이다.

사유와 문학, 그 광대한 통합

자택에서(2007년 6월 29일).

1936년 4월13일, 두만강변의 국경도시 함북 회령에서 목재상인의 아들(아버지 최국성(崔國星), 어머니 김경숙(金敬淑) 사이의 장남)로 태어나다 (아래로는 두 여동생과 세 남동생, 모두 4남2녀의 동기간이 있다). 아버지는 원목을 공급할 수 있는 산판과 이를 상품으로 가공하는 제재소를 함께 운영하는 자영상인으로서, 이 시절은 가족들에게 가장 단란하고 풍요로우며 평화로운 기억으로 남아 있다.

1943년 국민학교에 입학하다. 당시 회령읍에는 동서남북으로 나뉘어져 있는 네 국민학교가 있었는데, 이 가운데 회령북국민학교에 들어가게 된다.

훗날 시인이나 작가가 된 사람들의 어린 시절이 대개 그러하듯이, 이때부터 책을 읽는 일에 남다른 열심을 보이기 시작한다. 처음에는 주로 아버지가 가진 책을 내용도 잘 모르는 채 뒤적이는 일로부터 출발했는데, 그 중에는 문학서적도 있었고 또 백남운(白南雲)이 쓴 『조선경제사』나 브렌타스의 『사상전집』같은 어려운 책들도 있어, 어쩌면 차후 그의 광대한 지적 편력을 예고해 주는 듯도 하다.

아버지는 소학교를 마친 후 젊었을 때부터 목재사업에 투신했는데, 사업을 꾸려나가면서도 자신의 삶에 대한 성실성 또는 투쟁정신의 한 표본으로, 틈틈이 책을 읽는 면학 열을 보여주었던 것으로 작가는 기억한다. 이와 같은 끈질긴 향학의 집념이 알게 모르게 그의 내면적 태깔을 형성하는 데 영향을 미친 것으로 추측된다.

당시 회령에는 중학교도 있었는데, 국민학생으로서 주로 중학생들과 책을 바꿔볼 정도로 조숙한 독서의 면모를 보이기도 했다. 국민학교 저학년까지 받은 식민지 교육의 체험이 나중에 1960년대 후반부터 쓰기 시작한 「총독의 소리」 같은 작품을 가능하게 한 계기가 된다. 1947년 열한 살이 되도록 이곳에서 국민학교(5학년 1학기까지)를 다니다가 원산으로 이사하게 되는데, 회령과 회령의 두만강은 두고두고 그를 따라다니는 소중한 유년의 기억으로 자리 잡는다. 그의 소설 여기저기서 등장하는 H읍은 곧 회령읍이다. 장편 「두만강」은, 그러므로 그의 삶 초입에 서려 있는 순정한 서정성과 퇴색하지 않는 향수의 다른 이름이다.

1945년 해방—. 고향 사람들이 거리로 뛰어나와 만세를 부르던 광경이 선명하게 기억된다. 국경지역이어서 소련군이 곧바로 진주해왔고, 읍내 곳곳에서 일본군과 시가전을 벌였으며 시의 일부와 군사시설이 불탔다. 그의 가족들은 읍내의 집을 비우고 목재상의 산판이 있는 시골로 열흘 정도 소개(疏開)해 간다. 되돌아왔을 때는 이미 세상이 바뀌어 있었고, 공산정권에 의해 중상류층 부르주아지로 분류된 아버지는 더 이상 고향 땅에 발붙이고 살 수가 없어 다른 지역으로의 이주를 결심하게 된다.

1947년 마침내 함남 원산으로 이사하다. 경영하던 사업장을 모두 두고 왔으므로, 아버지는 가족들의 호구를 위해 원산제재공장에 취직, 자수성가형 경영자에서 월급생활자로 신분을 바꾼다. 회령에서 살 때에 비하면 여러모로 부족했으나 그런대로 큰 어려움은 없었던 것으로 보인다.

당시의 학제로는 9월에 모든 학교들이 개학을 했는데, 최인훈은 학년을 뛰어넘어 원산중학교 2학년에 입학한다. 중학교를 마친 다음에는 원산고등학교에 들어가 1950년 월남할 때까지 고등학교 1학년을 수료하고 2학년을 2개월 간 다니게 된다.

1950년 6·25 전쟁이 발발하다. 10월에 국군이 철수하고, 12월에 원산항에서 해군함정 LST편으로 전 가족이 솔가하여 월남하다. 이때 원산에 연고지를 둔 사람들이 밀고 밀리는 전쟁통에서 고향을 떠나는 것이 잠깐일 것으로 생각하고, 노약자와 부녀자들을 남겨둔 채 노래말처럼 '곧 돌아오마고 손짓을 하며' 원산을 떠나옴으로써, 천추에 한을 남긴 이산가족이 되고 만 경우가 대다수였다.

최인훈의 가족은 원산이 본래의 생활터전이 아니었고 또 가족 일부가 잔류하여 기댈 만한 언덕도 없었으므로 전원이 월남했는데, 40년 세월을 두고 눈물과 한숨으로 가족이산의 통한을 겪고 있는 이들에 비할 때, 다행이라면 참으로 다행한 일이었다.

「회색인」「하늘의 다리」「우상의 집」같은 작품에 단속적으로 나오고 있는 W시의 얘기는 곧 그의 원산 체험을 반영하고 있으며「소설가 구보씨의 일일」에도 고1학생이 맞부딪치는 전쟁의 스토리가 포함되어 있다. LST가 부산에 도착하여 낯선 남방의 항구도시에 이들을 부려 놓았다. 한 달 정도를 부산의 피난민수용소에서 생활하다. 그리고 외가 쪽 친척이 있는 목포로 이주하게 되는데, 작가의 기억에도 분명치 않으나 12월에 배를 탔고 부산에 머물던 한 달을 계산하면 그것은 아마도 1951년 1월이 맞을 터이다.

1951년 목포고등학교에 입학하여 1년 동안 다니다. 남한에서는 고교학제가 처음으로 실시되어, 첫 고교입학생이 되는 셈이다. 원산에 있을 때는 제1외국어로 러시아어를 배웠는데 여기에서는 영어를 배워야 하는 힘든 과정을 겪었다. 그러나 1년 후에는 그 학급에서 어느 누구보다도 영어를 잘했다는 얘기가 있다. 이때 영어와 맺은 인연은 군에서의 통역관 생활이나 나중에 그의 희곡작품이 미국에서 공연되는 등 영어문화권과의 접촉에 밑받침이 되었을 것으로 보인다.

1952년 다시 피난 수도 부산으로 돌아와 서울대 법대에 입학하다. 다른 가족들은 아버지의 직장이 있었던 강원도에 살았는데, 아버지는 영월의 중석광산에서 역시 제재소 일을 보고 있었다. 최인훈은 혼자 완월동산 언덕배기에 아버지가 지어준 단독 '바라크'에서 살았다. 창문으로는 자갈치시장 너머로 영도를 중심한 부산 항구가 내려다 보였다.

이 집에서 첫 학기가 끝난 초여름부터 그 이듬해 여름 사이에 멀리 두고 온 고향의 이야기 「두만강」을 썼다. 그때 주택 사정을 생각하면 호화 집필실의 자격이 있었다고 그는 술회했다. 「두만강」은 1970년에 발표되었고 현재 통용되고 있는 연보상으로는 1959년의 「GREY 구락부 전말기」가 데뷔작이지만, 작가로서의 처녀작은 「두만강」임에 틀림없다.

최인훈은 「GREY 구락부 시절」이라는 다른 산문에서 '아마 대학에 들어가서 겪게 된 대학 공부가 그 무렵의 나의 정신적 요구와 잘 맞물리지 못한 데서 온 자기치료가 아니었던가 생각한다'고도 피력하였는데, 실상 법과의 공부는 그에게 별다른 관심을 촉발하지 못한 것 같다.

목포에서 고등학교 졸업 무렵이 되어 친하게 지내던 패들이 법대를 많이 지원하는 데 묻혀서 따라왔다고 하는 것이 진학의 동기였다면, 그가 '못난 오리새끼'일 수밖에 없었을지도 모른다. 그러나 이 미운 오리새끼는 결국 한국문학의 1960년대에 하나의 분수령을 넘어서는 백조의 날개를 갖게 되는데, 그 날개가 작가의 겨드랑이에 돋아나기 시작한 시기가 바로 이때이다.

1947년 회령에서 원산으로 이사한 이래 새 도시와 만나는 데 경황이 없어 그야말로 '지리적 통과의례'를 치르기에 바빴던 그는, 「두만강」을 통해 '정신적 통과의례'를 마친 셈이다. 환도하는 대학을 따라 서울에 정착하면서, 1957년 입대할 때까지 1년 휴학을 포함하여 4학년 1학기까지 서울대 법대를 다닌다.

1955년 『새벽』이라는 잡지에 시 「수정」이 추천된다. 추천인은 따로 없고 잡지 책임추천의 형식이었다.

1956년 마지막 학기를 등록하지 않고 대학을 중퇴하다. 법학과 문학이라는 방향이 완전히 다른 대상을 두고, 마음은 잿밥에 있으면서도 꽤 오래 염불을 한 듯하다.

1957년 군에 입대하다. 전방, 서울 근교, 육군보도국 등지에서 통역장교로 근무하다. 나중에는 정훈, 보도 등의 일도 맡아보게 되다. 계급은 중위. 1963년까지 7년 간 군에 있으면서 문단활동을 시작한다. 통역장교라는, 어느 정도 자유로운 신분이 이를 가능하게 해준 것으로 보인다. 「GREY 구락부 전말기」, 「광장」, 「구운몽」, 「라울전」, 「회색인」, 「가면고」같은 최인훈 문학의 초반을 장식하는 작품들이 모두 군에 있을 때 집필되었고, 「무서움」, 「국도의 끝」, 「정오」, 「전사연구」 등 군 생활을 소재로 한 작품들은 이 시기의 생각이나 체험을 바탕으로 씌어졌다. 「금오신화」같은 당대 시대사의 한 풍경을 보여주는 단편도 그의 군 체험과 무관하지 않을 터이다.

군복무시절 사랑하는 가족들과 함께(1958년).

1959년 발표된 순서에 있어서 첫 작품인 「GREY 구락부 전말기」(『자유문학』 10월호)로, 회령국민학교 시절의 초보적인 독서로부터 시작된 오랜 문학적 잠복기를 끝내고 문단에 나오다. 이 작품과 「라울전」(『자유문학』 12월호)이 안수길 선생에 의해 추천됨으로써 작가면허증을 획득하였다.

1960년 「9월의 다알리아」(『새벽』 1월호), 「우상의 집」(『자유문학』 2월호), 「가면고」(『자유문학 7월호), 그리고 문제의 작품 「광장」(『새벽』 10월호)을 발표하다. 이 같은 작품들이 발표되는 도중 4·19가 일어나다.
「우상의 집」은, 대학 재학 중 명동 여기저기 있던 음악실과 다방 같은 데를 드나들던 때, 청동다방에서 오상순 선생을 자주 뵈었고 이 때의 경험을 소재로 쓴 작품이다. 물론 그 내용은 픽션이다. 「우상의 집」에 나오는 화재 장면이나 「9월의 다알리아」에 나오는 살상 장면은 전쟁이 얼마나 끔찍한 모습으로 그의 의식 속에 기록되어 있는지를 잘 말해 준다.
4반세기가 지난 후에도 베스트셀러 목록에 오르고 있는 역작 「광장」은 4·19 이후 잠깐 동안 개방된 지적 토론의 분위기 아래에서 발표가 가능했던 작품이다. 군사 정권이 강고한 힘의 지배 이데올로기를 한껏 자랑한, 제3공화국 이후의 시대상 가운데 「광장」이 던져질 수 있었을까?

1961년 「광장」을 정향사에서 단행본으로 상재하다. 단편 「수(囚)」(『사상계』 7월호) 발표하다.

1962년 「구운몽」(『자유문학』 4월호), 「열하일기」(『자유문학』 7·8월호), 「7월의 아이들」(『사상계』 7월호) 발표하다.

1963년 4월에 육군 중위로 제대하다. 그 이후로 본격적인 작품활동에 전념하다. 「크리스마스 캐럴 1」(『자유문학』 6월호), 「금오신화」(『사상계』 문예증간호), 「회색인」(『세대』 6월호~64년 6월호 연재) 발표하다. 작가에 의하면, 「크리스마스 캐럴」은 기독교를 측심추로 사용한 우리 시대의 지적 풍속의 탐사라는 생각에서 씌어졌다.
김시습의 「금오신화」가 그의 당대에 환상적이고 기이한 세계라 지칭할 수 있는 스토리들을 포괄하고 있다면, 최인훈의 「금오신화」는 6·25를 배경으로 한 숱한 사람들의 운명과 죽음이 이성적인 판단으로 '아, 그렇구나'

하고 받아들일 수 없는 납득불능의 집적임을 강렬하게 주장한다. 6·25전쟁에서 공산의용군으로 징발되었던 남한 출신 대학생 A가 간첩교육을 받고 남파되는 길에 임진강에서 죽는 이야기인데, 이때의 A는 그 많은 비극적 죽음의 주인공들을 등 뒤에 숨기고 있는 아이러니컬한 시대사의 대명사이다.

「회색인」은 최인훈의 소설 속에서 '사건'이 점차적으로 퇴조하고 에세이 스타일의 지적 독백이 강화되는 경향의 서두에 해당되는 작품이다. 작가는 이 작품을 두고 '통과의례 규정을 자기 손으로 만들어야 하겠다는 집념에 사로잡힌 어떤 원시인 젊은이의 공방(工房)의 기록'이라고 설명했다.

1964년 「크리스마스 캐럴2」(『현대문학』 12월호), 「전사연구」(여성지) 발표하다. 「전사연구」는 1989년 대표작품선집 『웃음소리』를 간행할 때 제목을 「전사에서」로 개칭한다. 희곡작품의 생산 이후에 우리말의 사용에 중점을 두기 시작한 의식적 변모의 반영으로 보인다. 휴전무렵 전선의 어느 초소에서 두 병사가 고향얘기를 주고받으며 안온한 일상의 꿈을 나누다가 적의 정찰병에게 무참히 살해된다.

1965년 평론 「문학활동은 현실비판이다」(『사상계』 10월호) 발표하다. 이때부터 1960년대 후반에 씌어진 평론을 묶어서 1970년도에 평론집 『문학을 찾아서』를 내놓게 된다.

1966년 「놀부뎐」(『한국문학』 봄호), 「웃음소리」(『신동아』 1월호), 「크리스마스 캐럴3」(『세대』 2월호), 「크리스마스 캐럴4」(『현대문학』 3월호), 「국도(國道)의 끝」(『세대』 5월호), 「크리스마스 캐럴5」(『한국문학』 여름호), 「정오」(『현대문학』 10월호) 발표하다. 「서유기」를 『문학』 6월호부터 연재 시작하다. 「웃음소리」로 제11회 동인문학상을 수상하다. 「서유기」는 「회색인」의 후속편에 해당하며 작가는 이 작품을 두고 단테를 인용하여 '나의 지옥편'이라 부르고 있다.

동인문학상 표징.

1967년 「총독의 소리1」(『신동아』 2월호), 「총독의 소리2」(『월간중앙』 8월호) 발표하다. 단편집 『총독의 소리』를 홍익출판사에서 간행하다. 「총독의 소리」 연작은 1965년 한일협정 조인과 그 여파로 인한 혼란을 바라보면서 당대 사회에 편만한 위기의식을 풍자소설의 형식으로 표현한 것이다.

1968년 「총독의 소리3」(『창작과 비평』), 「주석의 소리」(『월간중앙』 4월호), 「공명」(『월간중앙』 4월호) 발표하다.

최인훈 소설의 주인공들이 모두 상황의 질곡 속에서 고통받고 또 방황하는 인물로 그려지는 데 비하여, 방황을 하지 않는 유일한 인물이 아주 긍정적으로 서술되는 경우가 「공명」이다. 예컨대 레오나르도 다빈치 같은 사람이 플로렌스 국방부 총사령관이 됐다면 그런 식의 사람이 아니었겠는가 하고 그는 반문했는데, 이 비교는 매우 거칠기는 하지만 제갈 공명이라는 거의 완전무결한 인물에 대한 심정적 경사가 거의 무제한적임을 짐작하게 한다. 말하자면 「공명」은 최인훈 문학세계에서 돌출하여 그의 문학적 관행과 하나의 대극점을 형성하는 작품이다.

1969년 「옹고집던」(『월간문학』 6월호), 「온달」(『현대문학』 7월호), 「열반의 배」(『현대문학』 9월호), 「소설가 구보씨의 일일 1」(『월간중앙』 12월호), 발표하다. 70년대 초반까지 계속해서 연작으로 써나간 「소설가 구보씨의 일일」은 박태원의 소설에서 그 제목을 가져왔으며, 작가는 '구보라고 하는 소설가의 마음의 레이더에 들어오는 생활의 파편들은 미분하고 적분하면서 그의 이성과 정서의 장세를 각각으로 추적'한, 그래서 이 소설을 지극히 소시민적으로 당의정을 입힌 '나의 율리시즈'라 부를 작품이라고 언명한 바 있다.

단편 「낙타섬에서」 집필시 받은 명예승함증(1969년).

1970년 「소설가 구보씨의 일일2」(『창작과 비평』), 「하늘의 다리」(『주간한국』 연재) 발표하다. 평론집 『문학을 찾아서』를 현암사에서 간행하다.

1970년 11월 서울 신문회관에서 이헌구 선생의 주례로 올린 결혼식.

70년대 최인훈 희곡문학의 화려한 개화를 예고하는 희곡작품 「어디서 무엇이 되어 만나랴」를 『현대문학』에 발표하다.

11월 17일 신문회관 3층에서 이헌구 선생의 주례로 원춘삼 씨의 장녀 원영희 씨와 결혼식을 올리다. 「하늘의 다리」는, 고향에서 수유놀이를 하던 형제들을 그리워한 왕유의 시구를 인용하면서 한 실향민의 삶에 얽힌 애수와, 형이상학적인 채색으로 점철된 현대인의 뿌리뽑힌 실존을 결합시킨 작품이다.

희곡 「어디서 무엇이 되어 만나랴」는 온달과 평강공주의 이야기이다.

1) 설화에서 그 소재를 가져온 점, 2) 설화나 전설의 스토리를 현대적으로 변형하여 개체의 자율적 자아발견이라는 새로운 의미와 가치를 추구한다는 점, 3) 그러한 내용이 희곡으로 씌어짐에 있어서 행복한 결말을 가진 설화일지라도 본격적인 비극의 형태로 재구성된다는 점, 4) 회의적이고 사색적인 인물이 주인공이던 소설과는 다르게 자신의 사고를 선택적 행

동으로 옮길 수 있는 인물이 극의 진행을 끌고 나아간다는 점 등을 뚜렷한 성격적 특성으로 추려낼 수 있다. 그리고 이러한 특성은 「옛날 옛적에 훠어이 훠이」「봄이 오면 산에 들에」「둥둥 낙랑둥」「달아 달아 밝은 달아」와 같은 그의 후속 희곡들에도 그대로 적용되는 확고한 모티브가 된다. 아울러 이러한 면모들이 소설에 이어 그의 희곡을 동시대 한국문학의 정상으로 밀어올리는 받침대가 되고 있음을 수긍하지 않을 수 없다.

1971년 「소설가 구보씨의 일일」을 「갈대의 사계」란 제목으로 『월간중앙』에 연재 시작하다. 『서유기』를 을유문화사에서 단행본으로 간행하다.

「소설가 구보 씨의 일일」 자필 원고와 연재 당시 거리에서.

1972년 『소설가 구보씨의 일일』을 삼성출판사에서 간행하다.

1973년 장편소설 「태풍」을 『중앙일보』에서 연재형식으로 발표하다. 미국 아이오와 대학의 '세계작가 프로그램 IWP'의 초청으로 9월 도미하다. 이후 4년 간 미국에 체재하다. 「광장」의 일문판을 김소운 역으로 동수사(冬樹社)에서 출간하다.

「태풍」은 식민지 하에서 살아가는 사람들의 삶이 노정하는 운명적인 궤적을 그린 작품으로, 그 가상의 상황설정이나 인류문명 전반을 통찰해 보려는 범칭적 시각이 매우 독특하여 한국문학사에서는 유례가 드문 작품이다. 「태풍」이 소설로서 갖는 미덕은 자유분방한 역사적 상상력을 구사하면서도 가급적 역사적 사실의 범주를 훼손하지 않으려 노력한 점과 작품의 배경을 한반도라는 친숙한 무대에 비끄러매지 않고 세계무대로 확산시키면서도 그 내용에 있어서는 끊임없이 한반도의 문제들을 환기시키는 긴장감을 늦추지 않는다는 점이다.

아이오와 대학의 초청으로 미국으로 건너가서 그곳에서 4년 간 체류한 것은 최인훈에게 있어 새로운 지적 충전의 중요한 계기를 마련해 준 것으로 보인다. 그는 이곳에서 「광장」을 우리말을 살려 개작한 일과, 희곡 「옛날 옛적에 훠어이 훠이」를 집필하는 일 외엔 아무것도 하지 않았다. 지금까지 그의 작품활동 행보를 고려해 보면 외견상으로는 휴식기간이었다. 그러나 이 두 가지 일은 대단히 무거운 의미를 갖는다. 우리말에 대한 그의 확고한 신념이 이국땅에서 더욱 가열한 갈망으로 확립되었다는 사실도 주목할 만하거니와, 귀국 이후 고대설화가 가지고 있는 한국적 정서를 현대적 문맥으

나의 캐리커처(1974년, 김영태).

로 재해석하는 희곡작품의 생산에 정열적으로 매달리는 것이 미국에서의 문화적 충격이 가져다준 긍정적 결과로 여겨지기 때문이다. 그는 미국을, 북간도라는 어의에 대비하여 '양간도' 라는 이름으로 부른다.

1976년 미국체제를 마치고 5월 귀국하다. 「옛날 옛적에 훠어이 훠이」(『세계의문학』 창간호), 「총독의 소리」(『한국문학』 8월호) 발표하다. 문학

과지성사에서 『최인훈전집』 간행 시작하다. 극단 '산하'에서 「옛날 옛적에 훠어이 훠이」 처음으로 공연하다. 「옛날 옛적에 훠어이 훠이」는 최인훈이 본격적으로 희곡작품을 쓰기 시작한 그의 문학 제2기를 열었다. 물론 1970년에 「어디서 무엇이 되어 만나랴」를 발표한 바 있지만, 소설에서 희곡으로 장르를 바꾸게 된 의식의 변모와 그 강도에 비추어볼 때 그렇게 단언할 수 있을 터이다. 미국에서의 문화충격과 소설형식에 대한 회의, 이 두 가지 항목이 그를 희곡으로 인도한 주된 원인이었을 것이다.

1977년 「봄이 오면 산에 들에」(『세계의문학』 봄호) 발표하다. 「옛날 옛적에 훠어이 훠이」로 한국연극영화예술상 희곡상을 수상하다. 서울예술대학 교수로 취임하다.

문학과지성사 모임에서(왼쪽으로부터 열화당 대표 이기웅, 작가 조세희, 문학평론가 김주연, 본인, 문학평론가 김현).

1978년 「둥둥 낙랑둥」(『세계의문학』 여름호), 「달아 달아 밝은 달아」(『세계의문학』 가을호) 발표하다. 「옛날 옛적에 훠어이 훠이」로 제4회 중앙문화대상 예술부문 장려상을 수상하다. 「둥둥 낙랑둥」은 그 제목이 암시하듯이 낙랑공주와 호동왕자의 이야기를, 그 본래의 줄거리를 무시하고 새롭게 구성한 것인데 '국립극단' 97회 공연에 즈음하여 최인훈은 공연팜플렛 「연극이라는 의식」에 이렇게 썼다.

'개인이 집단에 대해 어디까지 충성해야 하며 사랑이라는 것은 어디까지 갈 수 있는가 하는 것은 영원한 인간의 문제이기는 하다. 모든 영원한 문제가 그런 것처럼 보통 사람은 이런 문제를 끝까지 밀고 가지 못한다. 끝이전의 어디쯤에서 타협해서 살아간다. 끝까지 갈 용기가 나지 않는 것은 파멸이 보이기 때문이다. 극 속의 인물들은 이 끝을 피하지 않고 거기까지 걸어간다. 낙랑공주와 호동왕자도 그런 사람들이다. 원래 이야기에 없는 호동의 의붓어머니와 낙랑공주의 쌍둥이라는 설정은 호동과 공주가 만난 문제를 더 어려운 것으로 만들어보기 위해서 지어낸 생각이다.'

1979년 2월 미국 뉴욕주에 있는 브록포트 대학의 초청으로 동 대학 연극부에서 공연하는 「옛날 옛적에 훠어이 훠이」 참관차 도미하다. 7월 문학과지성사에서 『최인훈전집』 완간하다. 작가 자신의 삶의 행적과 작품에 대한 생각을 일관성 있게 기술한 유일한 산문 「원시인이 되기 위한 문명한 의식」(『문예중앙』겨울호) 발표하다. 서울시 문화상 문학 부문 수상하다. 「달아 달아 밝은 달아」로 서울 극평가 그룹상 수상하다.

「옛날 옛적에 훠어이 훠이」의 첫 미국 공연은, 77년 여름에 이 대학의 연극과장 케네드 존스 씨와 공연이 합의된 후 이 대학에서 연극사와 작품분석을 가르치는 조오곤 박사의 번역으로 진행되었다. 그리고 드디어 79년 3월에 막을 올리면서 원작자를 초청하기에 이르렀다.

갈현동집 시절 뜰에서 아내와 딸(윤경)과 함께.

1980년 『왕자와 탈』을 문장사에서, 『하늘의 다리』를 고려원에서 각각 간행하다. 산문 「상황의 원점」(『문학과지성』 봄호) 발표하다.

1981년 『느릅나무가 있는 풍경』을 민음사에서 간행하다. 자신의 삶과 작품에 관해 깊이 있게 논의된 김현과의 대담 「변동하는 시대의 예술가의 탐구」(『신동아』 9월호) 발표되다.

1983년 만년에 『화두』를 내기 전 소설로서 발표된 마지막 작품인 「달과 소년병」(『한국문학』 6월호) 발표하다.

1987년 4월 미국 뉴욕에서 '범 아시아 레퍼토리' 극단의 「옛날 옛적에 휘어이 휘이」 공연 참관차 도미하다. 이 미국 공연은 1979년에 이어 두 번째가 되는 셈이다. 공연 극단은 뉴욕 지역의 아시아계 미국 연극인들에 의해 운영되고 있으며, 창립 10년에 이르는 역사를 가지고 있고 미국 내의 아시아계 극작가와 아시아 여러 나라의 희곡을 공연하는 일을 전문적으로 해오는 중이었다. 브록포트 대학의 공연 때와는 달리 전문 극단에 의한 본격 공연이라는 점에 더욱 의의가 있었다.

「옛날 옛적에 휘어이 휘이」 미국공연 팜플렛.

1988년 산문 「길에 관한 명상」(한진그룹 사보 『길』), 「광장의 주인공 이 명준에 대한 생각」(『월간중앙』 6월호), 「도버의 흰 절벽」(『씨네마』 10월호) 발표하다.

1989년 창작선집 『달과 소년병』을 세계사에서 간행하다. 산문집 『길에 관한 명상』을 청하에서 간행하다. 창작선집 『웃음소리』를 책세상에서 간행하다. 『회색인』 영문판을 시사영어사에서 간행하다.

80년대에는 창작보다는 주로 예술론이나 삶의 여러 가지 진실에 관한 단상들을 노트 메모 형식으로 써왔는데, 분량으로 따지자면 책 몇 권에 해당될 정도이다. 이와 같은 메모는 작가의 정신적 궤적이나 시대상에 대한 지적 반응을 압축하고 있는 것으로, 한 작가의 삶과 문학적 운명, 그리고 그 삶의 바탕이요 배경이 되는 당대 사회의 모습을 약여하게 드러낸다. 이 무렵의 메모가 성문(成文)이 되어 글꼴을 갖춘 것들이 나중에 1990년 우신사에서 출간된 『꿈의 거울』에 이르게 된다.

「옛날 옛적에 훠어이 훠이」 서울 공연시 아들(윤구)과 함께(국립극장, 1989년).

1990년 문학적 예술론『꿈의 거울』을 우신사에서 상재하다. 이 책은 한 시대의 수준을 이룬 작가에 의해, 일찍이 A. 티보데가 분류한바 '대가의 비평'의 면모를 가졌다. 우리 문학사에는 김동인의「광화사」를 비롯해서, 작가가 작품으로 쓴 예술론의 존재가 더러 발견된다. 하지만 한 시대의 천장을 때린 작품의 생산자인 작가가 그에 못지 않은 질적 값어치를 담은 직접적인 예술론을 책으로 묶어낸 일이 결코 헐한 일일 리 없다.

1992년 단편선집『남들의 지붕 밑에서』를 청아에서 간행하다.『봄이 오면 산에 들에』프랑스어판이 출간되다.

1993년 러시아를 여행하다.

1994년 장편소설『화두』제1·2권을 민음사에서 간행하다.『광장』프랑스어 번역판(Acres Sud)이 나오다. 러시아를 두 번째로 여행하고「봄이 오면 산에 들에」모스크바 공연을 참관하다.

최인훈이 많은, 이름 있는 소설 그리고 희곡작품을 쓴 작가이로되 그 대표작『광장』의 주박(呪縛)을 넘어서기 어려웠을지도 모른다. 그만큼『광장』은 그에게, 그가 살았던 동시대에, 그리고 한국 현대문학사에 큰 파장을 일으켰던 작품이다. 1970년「어디서 무엇이 되어 만나랴」이후 지속적으로 발표된 희곡 작품들, 비상한 관심을 집중시키며 한국 희곡에 유례 없는 지평선을 연 것으로 평가되었던 그 작품들 역시『광장』의 주박으로부터 자유롭지 못했을 터이다.

대표작『광장』의 러시아어와 일어 번역판 표지.

그리고『화두』였다. 그의 문단 데뷔작「GREY 구락부 전말기」로부터 35년. 실제적인 첫 작품「두만강」으로부터 42년의 세월이 흐른 다음, 그는 자타가 긍정하고 공인할 만한 대표작『화두』에 도달했다.

작가는 이 책의 제1권「독자에게」에서, 인류를 커다란 공룡에 비유하면서 그 동물의 형체를 빌어오고 동시에 그와는 다른 '의식의 힘'을 상기시키면서, 그 부조화한 존재양식으로 자신의 소설을 설명했다. 그것은 '인류의 이름'과 '역사의 운동방식'에 도전적 자긍심과 자기 단련으로 맞선 한 작가의 자기 고백이며, 동시에 그의 소설이 현실의 핍진한 바닥을 떠나서 성립할 수 없는 유기적 실체임을 토로한 것이 된다.

미상불 이 소설은 작가 자신의 살아온 삶의 기록과 그 삶이 유발한 인식의 총체를 끌어안고 있다. 그렇다고 해서 이 소설이 작가의 삶에 일대일로 대응할 수 있는 사실적 기록에 머물지도 않는다. 소설을 소설로 남겨두는 명민한 태도, 그가 무엇 때문에 이 편의한 방정식을 무너뜨리고 현실성의 족쇄로 그의 유장한 사유를 묶어 놓으려 하겠는가. 그런 까닭으로 작가는「독자에게」의 말미에 이렇게 적었다.

'이 소설의 부분들은 대부분 사실에 근거하지만 그 부분들의 원래의 시간적·공간적 위치는 소설 속에서는 반드시 원형과 일치하지 않는다. 즉 이 소설은 소설이다.'

『화두』의 제1판 제1쇄가 세상에 그 얼굴을 보인 것은 1994년 3월 20일이었다. 많은 찬사가 쏟아졌고 같은 해 가을 이 작품에 제6회 '이산문학상'이 주어졌다. 10월 20일 시상식에서 작가는 '수상소감'을 통해 혼돈의 시대를 항해해 온 작가의 작품이라는 의미로 자신이 선 자리를 다음과 같이 설명했다.

"20세기를 이제 몇 해 남겨놓지 않은 이 시점에서도 20세기의 두 얼굴은 마치 우리를 유혹하는 악마의 얼굴처럼, 천사의 얼굴처럼 우리를 착란과 희망의 소용돌이 속으로 몰아넣는 듯 싶다. 각자에게는 각자의 대처 방법이 있을 것이다. 살다보니 나에게 가장 손에 익은 방법은 '문학'이라는 돛대에 자기 몸을 묶는 일이 이 소용돌이를 벗어나는—적어도 직시하는—길이었다.

'화두'는 그러한 항해자의 기록이다. 나는 이 작품에서 소용돌이의 여러

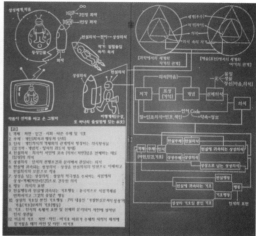

서울예술대학 교수시절과 강의용으로 사용했던 보조물 병풍.

깊이에 주의하려고 하였다. 그 표면, 그 중간쯤, 그 저류, 그리고 물론 바다 밑의 지형 말이다. 20세기라고 하지마는, 20세기라는 바다의 어느 수역에 있는가에 따라서 항해자의 주의사항과 항로선택은 다를 수밖에 없다. '화두'에서 나는 이 점—내가 위치한 해역의 좌표—에 가장 민감하려고 노력하였다. 생각컨대 결국 배는 바다에 있는 것이지 선실에 있는 것이 아니기 때문이다."

같은 해 가을 『동서문학』(1994년 가을호)의 인터뷰에서는, 시인 이창기 씨와의 대담을 통해 "『화두』는 내 정신과 삶이 빚어낸 자발적 구조"라는 표현을 사용했다. 작가 자신의 『화두』에 나오는 말로 언급한 바, "인생의 어떤 시기에는 자기 생애가 문득 소설처럼 바라보이는 시기가 있다"는 표현처럼, 인생이 소설과 그 의미를 소통할 수 있는 지점에 이르렀다면 『화두』가 생애의 역작으로 평가되는 것은 연륜의 축적에 비추어서도 가납할 만한 상황이 아닐까 싶다.

1995년 프랑스를 여행하다.

아내와 프랑스 여행중 파리 루테시아 호텔 앞에서.

1996년 최인훈 연극제가 열리다. 한·중·일 연극제 북경 공연에 참가하고 연길을 방문하다. 『광장』 100쇄 간행 기념회가 프레스센터에서 열리다.

2001년 『광장』 40주년 기념 고급 장정본 2,000부를 출간하다.

『광장』이 정향사에서 단행본으로 상재된 것이 1961년, 작가가 25세이던 해였다. 해방 그리고 분단 반세기를 훨씬 넘긴 한국문학, 그리고 한국의 분단문학은 저 약관의 젊은 청년 작가가 쓴 소설 『광장』을 넘어서기가 그토록 어려웠다. 그것은 한 작가의 수발(秀拔)한 문재(文才)를 말하는 것이기도 하고, 난치병에 해당한 우리 분단상황의 깊고도 깊은 질곡을 말하는 것이기도 하다. 『광장』이 보여준 바 분단 이데올로기로 치환된 삶의 유형학이 여전히 실효성 있는 명제로 기능하는 이 분단 현실은, 그 현실의 괄목할만한 변환이 없고서는 소설적 승급도 꿈꾸기 어려웠던 터였다.

바로 그 『광장』의 발간 40주년을 기념하는 '최인훈 문학 심포지엄'이 4월 13일 세종문화회관에서 열렸다. 심포지엄의 내용 자체는 그간의 최인훈 또는 최인훈 문학의 논의에서 그 걸음을 앞으로 내디딘 바 없었으나, 『광장』 40주년의 의미는 결코 가볍지 않았다. 조금 유치한 표현법을 용서받기로 한다면, 글쎄, 게오르그 루카치가 20대 말에 『소설의 이론』을 썼는데, 우리의 최인훈은 그 중반에 『광장』을 썼다고나 해둘까.

『광장』 발간 40주년 기념 심포지엄(세종문화회관, 2001년).

서울예술대학 문예창작과 교수를 정년 퇴임하고 명예교수로 취임하다. 한 작가의 나이 만 65세, 그가 교수였기로 작가는 25년간 봉직했던 강단에서 만기 정년 퇴임을 했다. 그 해가 『광장』 40년이란 것도 뜻밖에 눈여겨볼 우연이다. 동서양의 고전은, 특히 성경의 경우는 40을 한 주기를 채우는 완전수로 보는 까닭에서이다.

그의 정년퇴임 고별 강연은 5월 19일 서울예술대학 동랑예술극장에서 있었다. 이 자리에는 그를 존중하고 기리는 교수, 학생, 졸업생, 그리고 문인들 300여 명이 참석했다. 이 자리에서 작가는 1시간 30분 동안의 강연을 통해 "예술은 시간과 공간에 따라 변화하지만 자꾸 개선된다는 의미에서의 변화는 아니다"라고 강조했다. 또한 작가는 "예술은 유희인 것"이라고 말하고 "때로는 엄숙하게 폼재고 종교의 모자를 엉터리로 갖다 쓰기도 하겠으나, 죽음에 이르는 마지막 돌격 5분 전에 휴식을 취하면서 부르는 노래, 그때 피우는 담배 한 개비 같은 것이 바로 예술"이라는 말로 자신의 예술론을 피력했다.

그도 그럴 것이다. 40여 년을 문학과 더불어 살았으니, 그는 분명 '구닥다리' 작가일 것이다. 그러나 어느 누구도 그를 그렇게 생각하지 못한다. 그것은 작가 자신에게도 마찬가지일 것이다. 끊임없이 새로운 창의력으로 그 문학의 내용을 계발하고 그 문학의 형식을 교체하여, 그를 통해 우리 문학의 돌올한 새 봉우리들을 형성한 그에게 우리가 공여할 레토릭은 아직도 참으로 많이 남아 있다.

2002년 1994년에 민음사에서 간행되었던 『화두』를, 그 내용 가운데 900여 곳을 수정 보완하여 문이재(文以齋)에서 간행하다. 앞으로 제2기 전집 출간을 비롯하여 그간의 창작활동을 정리해야 할 것이 많다. 동시에 여전히 현역 작가인 연유로 또 어떤 작품이 그의 문학적 관념과 사상을 덧입고 새 얼굴을 드러내게 될지 기대되는 바도 크다. 이 작가야말로 일찍이 베르그송이 말한 바 '지속적 시간'과 함께 하고 있기 때문이다.

우리가 그의 문학이 더욱 노익장(老益壯)하고 역부강(力富强) 하기를 축원하는 것은, 아직도 그의 문필이 남길 것을 많이 숨기고 있다고 믿어지기 때문이다.

2004년 6월 서울법대 100년사 출판기념회에서 제12회 '자랑스러운 서울 법대인'으로 현창되다.

2005년 에세이집 『길에 관한 명상』을 솔과학에서 간행하다.

김종회(문학평론가, 경희대 교수)

서울법대 동창회에서(왼쪽으로부터 네번째가 본인, 오른쪽이 아내).

작가와 함께 대화로 읽는 소설
최인훈 • 가면고(假面考)

2007년 8월 1일 초판 1쇄 인쇄
2007년 8월 10일 초판 1쇄 발행

지은이 __ 최인훈·이태동
펴낸이 __ 정종진
펴낸곳 __ 지식더미

주 간 __ 장현규
기획·편집 __ 김선주 이정은 김수미
디자인 __ 김재경 정희철
마케팅 __ 김종렬 송은진
파는곳 __ 도서출판 성림
　　　　서울시 서초구 방배본동 766-34 덕성빌딩 3층
　　　　전화 02)534-3074~5 / 팩스 02)534-3076
　　　　E-Mail. wisejongjin@yahoo.co.kr
　　　　Homepage. www.sunglimbook.com
등록일자 __ 1989년 11월 21일
등록번호 __ 2-911

ISBN 978-89-7124-079-3